烟火天堂

YANHUO TIANTANG

陈吉斌 著

黄河出版传媒集团
宁夏人民出版社

图书在版编目（CIP）数据

烟火天堂 / 陈吉斌著. -- 银川：宁夏人民出版社，2023. 5

ISBN 978 - 7 - 227 - 07818 - 0

Ⅰ. ①烟… Ⅱ. ①陈… Ⅲ. ①诗集 - 中国 - 当代 Ⅳ. ①I227

中国国家版本馆 CIP 数据核字(2023)第 097899 号

烟火天堂　　陈吉斌 著

责任编辑　杨敏媛
责任校对　陈　晶
封面设计　文飞燕
责任印制　宋　华

黄河出版传媒集团
宁夏人民出版社 出版发行

出 版 人　薛文斌
地　　址　宁夏银川市北京东路 139 号出版大厦（750001）
网　　址　http://www.yrpubm.com
网上书店　http://www.hh-book.com
电子信箱　nxrmcbs@126.com
邮购电话　0951 - 5052104　5052106
经　　销　全国新华书店
印刷装订　四川金邦印务有限公司
印刷委托书号　（宁）0026277

开本　880 mm × 1230 mm　1/32
印张　9.75
字数　180 千字
版次　2023 年 6 月第 1 版
印次　2023 年 6 月第 1 次印刷
书号　ISBN 978 - 7 - 227 - 07818 - 0
定价　48.00 元

·自序·

摘一朵烟火走在诗性的正道上

我留恋这人间烟火，更神往那烟火天堂。

这人间烟火，厚实可爱，味道浓郁。它常于我的心田脑海间升腾萦绕，并滋养、催生我的诗意人生。诗意伴随，且行且描摹这人间烟火，可我偏又愈发憎恶它斜生的阴晦庸俗的瑕疵。我开始虔诚地朝拜那超凡脱俗的圣洁的烟火。这烟火，正是作为一个朝圣者，我笔下所塑造的至真至善至美的形象。

你是一朵不食人间的烟火
你如春之桃花，荡漾着乡村的微笑
你如夏之荷花，烘托着城市的淡雅
你如秋之枫叶，燃烧着静夜的晨曦
你如冬之雪梅，透亮着山河的灵魂

为此，我愿置下千斤万两的巨资，经营打造这神圣而独有的烟火天堂，让自己全身心地走在诗性的正道上，让自己所属的人间真正烟火流苏，互放倾慕之光、深爱之彩。这天堂是现实而又浪漫的，是矜持而又率真的，是庄重而又洒脱的，是执念而又开明的，是传统典雅而又创新自由的……譬如我的爱情，我这超脱肉体的心灵的爱情，是一朵奇美而纯洁的烟火，更是一座至高至贵的永恒的天堂。

它像一只诗舞的夜莺，守望人间恬静的梦扉；它像一匹瘦马，舒心从容在千年久违的湖畔河岸；它像一只萤火，璀璨在望江楼上的那片夜空；它像一场太阳雨，静美在午后的山坡之顶；它像两棵偶遇的相思树，互放芬芳，温暖寒冬；它像两把飘起又飘落的油纸伞，告别一场萱花雨；它更像一场春雾，恰似一场葬花吟。

的确，我喜欢你发自骨子里的笑与傲气。喜欢它
有时疯狂得像一束悄然而至的夏花——不！
是海浪之花，先掩埋我的躯体，然后安葬我
追随你而去的海誓山盟。尽管我已决然
赴死，你还是依然如故——

凝思静想，我的爱情诗所塑造的至爱群体形象，无不表明我已从感性的理想主义向理性的理想主义转变，已从流俗主义的人性习气向献身主义的人性光辉发生蜕变。这种转变与蜕变，更多的还体现在我的友情诗、乡情诗、爱国诗以及反映人生观、爱情观、婚姻观、价值观、世界观、宇宙观的哲理诗。这些无疑给“天堂烟火”注入了鲜活灵动、光芒四射的文化

基因，进而给我心驰神往的“烟火天堂”拓展了独特而厚重的精神内涵。

于是乎，我便摘下一朵烟火，驻足佛山之巅，思空飞絮：或穿越时空，抚今吊古；或俯身倾注，拾掇曾经；或神游故国，怀友思亲；或低走徐行，歌咏热土；或仰望星空，悲悯苍生；或绝境呐喊，捧出光明……这天堂烟火，这烟火天堂，自始至终，都闪耀着理想主义和浪漫主义的光辉，都怀抱一颗感恩的心，发出地球对太阳如歌如泣的倾诉：

对于她，我永远负债累累
纵使在严寒的冬夜
她的影子
也会在我的血脉里
倒映如春

然而，这烟火天堂，这天堂烟火，又是一种矛盾而永恒的奢望。于是乎，作为诗者，又不得不在虚与实、窄与宽、明与暗、平与仄、雅与俗之间跋山涉水、踽踽前行，不得不在人生轮回的长河里回旋流连、超度灵魂，不得不在孤独困顿中拾掇得失、禅悟人生。正如：

一本书，一张桌
一间房子。静坐在自己的

禅意里，躲着近在
咫尺的尘世
柔软的笔尖，来回转悠
左拾遗，右拾遗——

一朵烟火一尊佛，半缘修道半缘君。一朵烟火犹如一块磁性巨大的精神领地，招引一缕缕诗性的目光、一颗颗暖色的诗心，虽说来者殊途不易，却能同归正道，一路偕行，簇拥成一座流光溢彩的烟火天堂。

草于仓庚林堂之冬
2023 年 2 月 4 日

目录>> CONTENTS

第三辑　半缘修道半缘君

第一辑

不食人间的烟火

仓庚，你在哪里

才下头来，恍如隔世
夏日之外，早已寂寞无声
只有榕树簇拥的林堂煎熬在深院里
浮而沉，沉而浮——
它只顾漂洗流光的忐忑
全然不知北归的风吹奏着呼啸的离歌
全然不知那把久违的记忆之剑掀去
故土一片一片的残垣断壁……
还有回眸之际，那棵佝偻残躯
几近秃白的老樟树，正刺痛
一只归鸟的泪目……
那时那刻，天外传来一声呼喊——
一个怯懦而执拗的灵魂
从灼痛的天地间爆发出的呼喊：
仓庚，你在哪里

2015－07－31

寻找陌生的小径

黑夜笼罩的一条小径
该是你架设于我的天梯
让我在每个漆黑的夜晚寻摸着它
攀爬而行
一级一级地，仰视你的高度
月儿去哪啦
星星在哪里
为什么只有乌云雷电和漫天的雨
火急火燎地奔来
传递你的消息

2015 - 08 - 03

两朵白云

天空下。我们牵手在一起
看见并排而立的两棵青草
停下脚步，蹲下身子

我们各自手摸一片青
久久凝视，没有言语
就这样你看着我我看着你
彼此将对方洁白可爱的样子
装进心底——

梦里，你的光芒依旧在我的
视线里，让我紧紧追随

2015－08－03

灯　花

你是我最甜蜜的约会
我从白昼一直走向夜幕，只为
第一眼能遇见你
灿如银河的花市

我沿着河畔，当摇曳的芦苇是你
我爬上丘山，当端庄的蒲公英是你
我走进梨园，当飘飞的梨花是你
我漫步荷塘，当飘香的荷花是你

你有一朵花的笑容，也有一个花的名字
你有静水流深的千千心结
也有拨弄琴弦的柬柬纤指
你有胜似闲庭信步的从容气度
也有拥抱风雪喜迎春归的博大胸襟

今夜，我伫立在百乐街的天窗下

端详你的素颜，轻轻敲下
关于你的那些文字

2015－08－03

走进明湖

为了让你瞅出我的尊容
我把夜的脚伸向你的芳洲
晨曦里。初醒慵倦的杨柳，捧出
一本诗集，与遥远的日暮
烟波相守。乡愁溢出了
我的心湖

今夜，我走进明湖
为了让你听见我的心跳，我把
乡愁诵读

微风吹起莲的冰叶。湖水
荡漾——在我的手中
柔软得如同
莲的肌肤。你浸出了我的
心湖，由你完全充满
静静地浅唱低吟

2015－08－05

那个早晨

那个早晨是一条永远也望不到尽头的铁轨
只有在我闭上眼睛的时候
我才能感觉到你扑来的呼吸
我甚至以为，只要有一束光在眼前闪现
我都愿意，那就是你走来的身影

也许这里是我前世早已注定的落脚地
你把我引向这里，也是前世已约
让我站在这里，守候整个早晨
守望那条通向你的漫长的时光之隧
站在这里，我不惜自己
是一棵行将就木的花树，一朵
消散空中的云朵，抑或是一颗
已近干涸的露珠

也许我走了，你却来了。请别为我伤心
因为我身后的苹果屋，就是我

永远守望你的眼睛
守候你的诗语

2015 - 08 - 12

我是一只诗舞的夜莺

我是一只诗舞的夜莺，悄悄飞进
你的梦里，将轻盈的呼吸
轻打你甜美的心扉

晨辉静坐，静坐在有你对望着我的
心海彼岸。在闪着紫蓝色的
诗语里，遥听你那颗闪着
苹果色的琴音

我习惯了你对视着我溢满诗性的
眼睛。你也习惯了我对视着你
不加装饰的纯真

今夜你会在哪里？在我灿烂如夏的
天空里，你早已点亮了杨柳
飘飞的灵魂，早已柔媚了
夜莺凄冷的诗意

我是一只诗舞的夜莺，轻轻飞进
你的梦里。愿永远守望你
甜美的梦扉

2015－08－13

夜

是日的轨迹在伸，是风儿的眼神在走
是嫦娥的舞袖在飘，是后羿的
飞影滑过窗棂

夜是今晚的银河，你是今晚的夜
那儿的星星在闪，那儿的水光在动
那儿的桨声灯影在渺渺地歌吹
今夜，我在夜的怀里沉睡

夜是你，你是夜
在溢满你悠扬的琴音里，在水天交接的
天宇之上。云雾依然如花，绽放出
灿烂的晨曦

我喜欢上了夜，我爱上了夜

2015－08－15

你是一朵不食人间的烟火

你是一朵不食人间的烟火
在阳光的视线里，你拉近了天与地的距离
在鲜花的芬芳里，你加深了山与水的情意
在寂寞的深院里，你柔媚了阁与竹的倩影

你是一朵不食人间的烟火
你如春之桃花，荡漾着乡村的微笑
你如夏之荷花，烘托着城市的淡雅
你如秋之枫叶，燃烧着静夜的晨曦
你如冬之雪梅，透亮着山河的灵魂

你是一朵不食人间的烟火
像一朵睡莲，情愿坠入我的心湖
像一片晚霞，轰响在高山之巅
像一支笙箫，独奏在向晚的黄昏

像一只萤火虫，游走在清幽的林中小径

你就是你

你是一朵不食人间的烟火

2015－08－21

为何今夜如此郁闷

为何今夜如此郁闷？夜啊！你将我逗出来
是让我独自与郁闷的空气散步吗？

在浮躁的河畔徜徉，我看不到你温馨的
目光。在寂静的山谷呼唤你的乳名
我听不到你轻柔的回音

夜啊，你是我疲惫生活里的温柔乡
别让我一个人孤独离场。我与世界只差
一个你，我依然站在爱你的地方
在爱你的地方
你来了，又走了

2015－08－29

我爱这静美的太阳雨

静啊，这午后绿茵铺盖的山坡顶
静啊，我多么爱你这静美的笑肌
静美的大山，静美的绿水，静美的林莽
曲折蜿蜒若隐若现静美的山径
还有彼此静美的欢心，静美的对视
静美的呼吸，静美的绵绵诗句
静美的长长歌吟

更有被夏日暴晒的静美的红色亭子
在山前，在喷水车喷出的充满曲线美的
喷水里，犹如裸浴的曼妙少女
羞答答笑嘻嘻地在风中舞动心声……
亭内是银子般清凉的情丝，亭外是
牵连不断滴滴答答的泪语

静啊，这午后绿茵铺盖的山坡顶
静啊，我爱这静美的太阳雨

2015－09－01

请原谅我的冒失

一不小心将脚闯进你的禁地
在你深居静养的庭院前，我来不及撤走
冒失莽撞的神经。世间怎有如此的
相遇？让彼此陷入一场僵硬的对局
你冷若冰霜，我黯然神伤

请原谅我的冒失！触痛你的伤疤
不是我的本意。添加你的忧伤不是我的
原意。我并没有忘记彼此的承诺——
消失在彼此的世界里
是你我一生的约定

遗忘也许是世间永远的痛
别再牵挂可以，要失去记忆这怎么
可以？我只能收藏你我曾经
共同镌刻的小城故事，不再唱着
忧伤的歌，不再写着忧伤的诗，过回我
自己，将浮躁喧嚣的世俗远离

请原谅我的冒失！这场尴尬的相遇
注定我们还要延续一段疗伤的不幸
但愿我能消失于你的世界
往后从今

2015－09－14

盼着明月从此安然入睡

每当这个时候想起你
想起你便想起相册里没有你的一个影
今夜非往年的今夜。往年的
今夜里，有我醉美的兄弟
醉美的歌声，醉美的舞姿

今夜我独自一人，静静地守着
灯光微弱的窗棂。夜色朦胧——
我捕捉不到丘比特之剑震心的呼吸
听不见嫦娥拂袖轻舞下流淌的琴声
看不到桂花树下吴刚守望月儿
幸福的身影

明月啊！你在哪里？
在你往年闪过的楼顶，我在守望你
冲破乌云、对我露出灿烂的回眸一笑
在你回眸一笑的灿烂清辉里
我要拍下你闪着灵魂的倩影

在你闪着灵魂的倩影里依偎，盼着
自己从此安然入睡

2015－10－04

假如有一片云向你飘来

假如有一片云向你飘来，那一定不是我
我死了，就在去年的那个秋天。也许
你不止一次地在我曾爱你的地方，独自守望
那些洒满爱意的露珠、阳光和月色
不止一次地在我曾爱你的时候，寂寞倾听
那些充满诗意的鸟鸣、虫噪与风响

亲爱的，对不起！我该懂你，就像你
随时随处懂我一样。此刻，我不得不告诉你
我真的死了。就死在了去年的那个秋天

假如真的有一片云向你飘来
那绝对不是我！而是我投胎于世后
笑迎你的婴儿。这或许就是我
献给人间的你唯一最圣洁的礼物

亲爱的，你别这样，我没骗你
我就是去年死去的那片云。因为爱你爱得

深沉，因为太想和你在一起，我只能
选择在今年的秋天里匆匆转世，并在我
弥留之际，颤抖地写下我最心痛的私语

亲爱的，假如有一片云向你飘来
请你别再浪漫如昨，惊喜如昔
我只希望你能像迎接自己的孩子那样迎接它
能像拥抱自己的父母那样拥抱它
因为它将永远带给你
生活的快乐和生命的芬芳

2016－10－01

星星陪我心

是池中圣洁的莲花，还是
志在辽阔的大海
是河边青翠的杨柳，还是
芙蓉国里的芙蓉
我不想深究，我也不再沉迷
我知道，在我酒醉狂放的诗意里
只有夜空天真无邪的星星
才是我疗伤的天使

星星，我可爱的孩子
我习惯了你粘我亲我的活泼样子
看着你，以我丰盈如潮的眼神
迎向你，以我璀璨如花的笑肌
疼惜你，以我香甜如果的慈悲
投向你，以我洁白如云的身影
告别你，以我滚烫如火的心扉
吻向你，以我晶莹如溪的泪滴

亲爱的星星，你现在还好吗
为何在我漫长的幽居里，我会想着
做你爱玩的游戏？就像昨夜
于我欢喜而来的梦中，我们又
玩起了那夜你爱玩的游戏——
逗乐小狗狗

2016－10－17

请让我选择思念你

亲爱的，请让我选择思念你
思念你在秋天深爱着秋天的样子
正如你走在黄昏的小径，看着我
曾爱过的鸟儿飞过你头顶
正如我站在清晨的湖畔，望着你
曾恋过的白鹭飞离我头顶

亲爱的，请让我选择思念你——
因为思念是最甜蜜的约会
在离开了你好久好久的日子里
想着自己就是秋天白鹭的一只
在你爱着恋着的湖岛上
从早到晚，咿呀呀地歌鸣
啪啦啦地盘飞

亲爱的，我只能选择思念你——

因为思念是没有结局的结局
就让我化作一叶红，燃尽你的梦

2016－11－01

今夜我斜靠在西黎大道

杨，真正爱上你的，不是吹向西黎大道的那阵风
也不是那匹翻越几千年却依旧浪迹天涯的瘦马
而是骑在瘦马上比瘦马更瘦的愁肠——

我走来，从遥远的北方跌跌撞撞地走来
瘦马永远是我抒写黄昏的注脚
注脚里没有鲜花、阳光，只有绵长的词曲
伴着凛冽的西风，在我耳边诉说
一幕幕过往的悲叹与苍凉

今夜。我斜靠在西黎大道上醉梦，像一盏树灯
摇落灯花。阑珊处，你依稀出现，款款而来——
还是那样舞动身姿，婀娜如柳
还是那样绽放笑容，明艳如星
还是那样低吟浅唱，缥缈如风
还是那样古色古香，温润如雨

此刻，梦是唯一能解开我心门的密码

直至梦醒时分，尚能打开一扇心愿如梦的晨曦
随我奔向那千年久违的湖边河畔
定能看见你春红之下涌动的青翠

2016 - 11 - 03

爱上一颗石头

遇见你，在我最沉默的时刻
在我必经的路上。你也沉默
沉默得像一只冷艳的羔羊
靠近你，在我最美丽的时刻
在我必经的路上。你也美丽
美丽得像一棵光艳的白杨
读懂你，在我最忧伤的时刻
在我必经的路上。你也忧伤
忧伤得像一缕暗淡的云光
爱上你，在我最寂寞的时刻
在我必经的路上。你也寂寞
寂寞得像一潭皎洁的月光
不是我爱上了你，你才出现在我
必经的路上。而是在我必经的路上
你点亮了我最美的诗行
不是你爱上了我，我才走在

你守候的路上。而是你成了
我一生挡不住的阳光

2016 - 12 - 16

平安之夜

我撕下一块最柔软的夜幕
罩在你乌黑发亮的发丛
你坐在船头，清亮一河的杨柳
我站在桥头，遥望漫天的灯楼
你有你的娇羞，我有我的庄重

我以一脸黑亮的庄重，在你的
眼眸游走。你以一朵红艳的娇羞
在我的心口轻拂

今夜，我们醉在同一条梦河里
你在梦尾，我在梦头
当你从梦中醒来。你一定
还能看见我刚从桥头
闪过晨曦的那抹背影

2016－12－24

东升的太阳西沉的月

曼妙的音乐，缕缕地飘过来——
飘出你深宵的闺窗，在苍穹下的
朱阁绮户间流转，与山前的溪水缠绵
又缠绵。你洒下一缕清辉，款款
移步在溢满花香的曲径，转又悄悄地
徜徉在东楼睡醒的屋檐上
你是谁？清澈明亮得如此柔和
厚重悠长得如此芬芳。以致我
还没爬上山冈，便将最深情的目光
打量你和你彳亍的地方

此刻。我英俊的脸庞闪亮着你
柔媚的目光，并炽热地直抵你的心房
我们近在咫尺，相视无语
我往前走一步，你往后退一步

我渐渐明白——你我注定是
不能执手偕老的两个世界。我们

合影同框，不过是最悲情的邂逅
倘若你我之间只剩下一分钟的距离
我不知道我是眼睁睁地看着你离去
还是勇敢地跨过去，并以闪电的
姿势拥抱你。可惜没有如果

2017-01-03

我们只是擦肩而过

翻出几张尘封已久的稿件
页页云烟，抖落成一粒
溢满花香的遇见

一条路。有太多的起点
走走停停，来来去去，亦起亦终
也许擦肩之后不再擦肩

相遇。终究是一场烟消云散
花间的蝴蝶起舞翩翩
风中的花瓣没入尘寰

我们只是擦肩而过
过后的过后——岁月的河流
依旧拍打在杨桥柳岸
月儿的清辉，仍会轻轻掠过
太阳的笑脸

2017 - 01 - 05

水车与喷水筒

我是水车，你是喷水桶
我不停地输水，你不停地喷水
我不停地转动，你不停地流动
你我同心，相依相偎
一起守护一方莲池

我魁梧、黝黑、沧桑而神采奕奕
你高挑、青涩、光鲜而楚楚动人
我不停地转动，因为你懂
你不停地流动，因为我懂
你喷，让我活力无边
我转，让你魅力无穷

我有我海誓，你有你山盟
我有我傲骨，你有你痴容
我有我坚毅，你有你娇羞
为了池中的风物能诗意地栖息
你我昼夜不停，生死相随

你是喷水筒，我是水车
我咿呀呀地舞，你哗啦啦地歌

2017－01－09

遇见你只差一秒

我曾以一年的时光，行走在你
闪过的路上。直到一双掉胶的
老皮鞋被我遗忘，遗忘在
你必经的小巷

感谢脚下的“新皮鞋”
猛然间提醒——让我想起了
那双被时光遗忘的老皮鞋
还在那位店老板的手上

今天。我驱车驶向你常
闪过的路上。就在车转向
那条小巷的那刻，一条印有
古莲状字符的车尾射入我的视线
并以一百二十五度的视角
缓缓驶向远方

2017－01－13

谁愿意在美梦中醒来

谁不会在梦中醒来？
有时没等闹钟或生物钟敲响
亢奋的神经便将疲惫的肉体
推出可怕的睡房
以至肉体与精神撕扯成
决堤的海，咆哮在幽蓝的
地狱和血红的黄泉路上
也许美梦是唯一让肉体与
精神融为一体的天堂
当肉体醒了，精神便醉入
肉体的温床；当精神睡了
肉体便融进精神的梦乡

谁愿意在美梦中醒来？
守着自己心爱的古城童话
甜蜜地摘下天上的月亮
但是今夜，我无法
摘下月亮献给我心爱的姑娘

我只能敲着昏昏欲睡的
文字，捕捉她飘向远方的
体香和苍凉坚韧的脸庞
我只能盼着自己能早点
呼呼大睡，坠入梦乡——
兴许能梦到自己与她重逢在
某个小镇的路上，头上
正洒下一瓢皎洁的月光

2017－02－15

你是鱼儿我是飞鸟

你是鱼儿，我是飞鸟
你在湖中游，我在空中飞
后来，你我转了方向——
你在前面游，我在后面飞
你是水中的水草，我是天空的云朵

仰头，我掠过你的波光
低头，你拂过我的云光
聚首，我触动你的磷光
回首，你牵动我的目光

飞鸟啊，不是我无视你的存在
而是你的云朵成了我的寄托
鱼儿啊，不是我无视你的存在
而是你的水草成了我的漂泊

2017－03－29

莲花开了

莲花开了，心里怀着某个仙人
见了池中的金鱼，也疑是
从自己身上跑出来
梦游的魂

这些朝圣的金鱼
飘飘欲仙，遁入深邃的佛门
心静得如禅房的莲灯
白云在空中飘
月光在水里跳

可谁曾想，观音菩萨一大早
便立在禅房前找寻那抹浮云——
她想看到，那抹浮云
在莲花粉红的馨香里
也会露出菩萨般的微笑

2017－05－13

一支忧伤的笔

笔，被忧伤
忧伤了翅膀
寂寞的诗歌
寂寞了我的沧桑
一滴泪
落在冰凉的
脸上
夏夜告诉我——
爱情
已在笔间
埋葬

2017－05－20

凤凰花开

凤凰花开。寂静地开在
我闪过的路上，轻轻闪过
我遗忘于你的匆忙——
那抹抹红，那片片亮
那阵阵娇羞，牵连
不断地四溢、流淌

我停车打坐。不敢伫立
直视你的目光
我只能躲在你的身旁
凝望你端庄的凝望

车外人来人往——
摘下你沉甸甸的诚意
载着你吉祥的芬芳

2017－05－22

紫荆花开

你开在我门前的路口，刚探出头来
便与我撞上，一次惊艳的邂逅

你是我眼中的魅影，我是你
身后的静候。你立在街头，我站在
街尾。你回眸一笑，我迎向
你的回眸。你轻拍我的胸口
如一缕温柔吹拂。我捧起你的娇羞
如一汪湖水，溢出彩虹

你伸出紫色的左手，我张开绿色的右手
你握住千年不凋的绿，我牵着
百年不谢的紫红

我们相视无语，笑意浓浓
醉了人间的孤独

2017－06－13

长萱椅

一座小城，不知睡了多久
醒来。发现自己庞大得躺满了
一河的西岸

身下延伸的那把长萱椅
像漫步郊外的彩裙。点亮了
天空、河水、鸟鸣
又像太阳或月亮的
拐杖，丈量着白昼的长短
或光阴的肥瘦

有时它更像默然挺立在
村口的牌坊——
闪过多少美梦或噩梦的脑门
拂过多少张脸的皱纹

2017－06－14

萱花雨

天边。一片雨
拧长了脖子。为何飘成
六角的流星

窗外。是谁的手在拍打
深巷？一辆风车
极速掠过。此刻，无人早起的
夏日清晨，没有鸟鸣
只有知了在酝酿歌喉

临窗的叶子，眼睁睁地看着
一把橘红的油纸伞
在地平线上，飘落
又飘起，飘起又飘落

2017－06－15

萱花复活的记忆

我在萱椅上睡去
醒来已是十八年后的夏日黄昏
手里还攥着两张照片——
这是我与萱花的合影
十八年了，那些早已忘却的
痛彻心扉以及抚平的伤痕
又在记忆的尾巴上复活起来
复活我与一个叫萱的姑娘
曾经的过往，及其
幽香一样的侠骨柔肠

世间有太多太多的忌日
不能忘也不曾忘。我却偏偏
忘却了最江湖的那个——
不是她不爱我才选择离去
而是她爱我胜过我爱她才选择
悄然离开我的世界。无须告白
也经不起执手相看泪眼的离别

萱走了。像一叶孤舟
消逝在茫茫人海。而她仅存的
与我曾经的小屋、小巷
也在十三年前的那个冬天
葬在了珠江三角洲这座边城
繁华底下，成了孤魂——
没人提起也没人记起

我不知道，萱是否还活着
若活着，该是三十六岁的母亲
我也不知道，萱是否也像我
想起她一样也想起了我
想起了这座边城的那间小屋
那条小巷，或者想起了以至于嘟囔
他是否还活着，快乐地

2017－06－16

将最美的根脉植入你的心坎

我把一抹绿投向你的窗台
只想在你每一次靠站或离站的瞬间
能目睹你山花般的容颜
这样还不够，我要
爬上你光鲜迷人的脸蛋
钻进你深邃悠长的眼帘
吹拂你婀娜曼妙的心岸

我不是花树，不会眉飞色舞
我不是芦苇，不会摇尾乞怜
在这荒漠一样的长亭外，青苔一样的
古道边。做一回鲁莽帅气
坚强执念的男孩

我也不是多情的种子
同时为两个姑娘割下两片心肝
我必须留下你一个，让
两片心肝同时为你燃烧

在这个我不想放弃的夏天
或在你的视线和你的世界里
留下烈日太多的遗憾

至少，我能让你看见
我已将最美的根脉深深植入你
纯白坚韧的心坎

2017－07－15

偶遇一棵相思树

偶遇一棵相思树，在雨后——
它被我吸引，恰如我被它
吸引。彼此无语

我疑心，它是你仙逝的灵魂
在这寂静的角落里
守候我的必经

这是命中注定的邂逅
不，确切地说——
这是重逢。你我又将开始
一段甜蜜的相思之苦

我心疼，你婆娑之下的枯干
你流泪，你绽满芬芳
温暖寒冬里一片不经意飘过的云

2017－12－04

不曾停滞的小舟

一直追着你的呼吸走
等你一次甜美的回眸

在街巷的拐角处，远远地立着
我有我的惊喜，你有你的娇羞
在茶色茶香的夜空里
你闪着惠风袅袅的芳影
我吹着芳影灼灼的惠风
你打开暖暖的心扉
在我迎向你心扉的时刻
一片婀娜摇曳的云柳
挂满了一树崭露绿芽的枝头

走，请跟我走——
背向垂落的寒冬，挥一挥衣袖
沿着明媚的河流，牵一牵手
侧耳，倾听人间最美的唇语
闭眼，回味尘世最甜的笑容

远处。飘来绵绵的
曲音，渺渺的歌吹
还有一叶直抵你我的心湖
不曾停滞的小舟

2018－03－24

在你的世界活成云朵

走过那条河
三月的云朵在我眼前婆娑
圣堂的红棉在天边闪烁
婆娑一树一树的花火，闪烁
一团一团的爱火

这不是你我的花火，也不是
你我的爱火
是有缘有情的你我
一年相守的快乐，四年
相思的焦灼
快乐地去了，这花火一样的爱火
焦灼地来了，这爱火一样的花火
不再约见，你依旧没有
落花般的飘落
不曾别过，我依旧没有
流年的蹉跎

走近那条河，我走近圣堂的花火
被你的世界捕获，我走不出
那春寒料峭的三月爱河
不是路途太曲折
而是你爱火一样的花火
给了我一段痛彻心扉的折磨
既然走不出你的世界
就让我活成一片云朵
在你的天空里婆娑
没有尘埃的落寞
没有花瓣的离索

2018－05－14

抽签编号

我把一天九十六刻编成
九十六张抽签号码
坐在你必经的路上
等待你惊艳地出现

1424，领走，我收获笑脸
1519，派出，我献上祝福

此刻，1520，静静地躺在
绿叶婆娑、黄昏羞涩的世界
好久好久，它不曾离开过
我的手心，我的眼前

"要我爱你吗？"我猛然抬头
你突如其来的灿烂
有着蓝天的清透，白云的轻柔
澄澈了我的心

2018－06－03

望江台上的那支烟火

走进六月的黄昏
眼眸，像绽放的萤火

眺望星河。在洒满霞光的江头
吹着浅蓝色的凉风

何处是夜的归途？这条
曲长曲长的小路，依旧从容
蕙草柔媚的江流
芳影游走的山峰

小路啊，我要再次跟你走
走向澄澈的明湖，粉红的沙寮
古色的阮埇，神奇的南蓬……

莫停，别嫌我太扭。我爱那

飘香的望江楼，爱那蕙风芳影
燃起的烟火，璀璨的夜空

2018－06－28

如果放下你

放下你，如同
割下整个世界的两块伤口
搁在昼夜的悬崖边
淌血，无助……

浪漫的河流尚且奔向远方
而甜蜜的等待，却让夜的苍凉
裹住两行泪光

如此美好却又陡然消失的
我迟迟未能出现。留下长街
几近漆黑的无边深邃
你强忍着膝痛

谁能种下两颗后悔药
你一颗，我一颗

2018－07－15

爱究竟相距多远来相牵

惠风亭，闹市里的一座芳影
在通往它的小径上　榕树的翠绿
与七月的阳光　斑驳着一只
飞自阿斯鹅汤山林堂的
小白鸟

此刻，我是一个访客
正独自爬行在直入她心房的台阶上

敲门，敲出一粒寂寞
她飞走了，正在雨中勒流的花波绿涛之上
徜徉。嘴里还叼着一本卡耐基
就在一个小时前

这个夏季有太多的转角错过
也有太多的迷离扑朔
世间的爱究竟相距多远来相牵

勒流与荷城只有几十公里的距离
却胜过千万里的叠海重洋或万水千山
在同一片天空下
一个伞着暴雨
一个朗着晴天

2018 - 07 - 17

这恰来的红豆雨

正午的风
打印一份突如其来的报告
从香格里到入禾家
从入禾家再到惠风亭
哭着一路的狂草

慌乱的手脚，冰凉
止不住胸口阳光的燃烧
泪光喷出火苗
触摸不到你思归的香飘

时光的边缘，掉进
七月的深渊
这恰来的太阳雨，撒落
粒粒红豆，在小白鸟
残留暗香的屋檐下
独自萧条

2018－07－23

一支跛脚的笔

一场台风雨，浸透着一扇
诗意迷失的眼窗
像吹飘一片孤独的秋叶
在微微泛凉的夜空里
为我跛脚的笔安置一张病床

等待，是希望中的手术刀，亦是
手术刀煎熬中的念想
亲爱的笔哟，别怕！我就在你
不远的身旁。寸步不移地
向你绽放我最美的坚强

谁都不会忽视，来自星标的你
每一次爽朗的造访
而我，对你每一次闪电的碰撞
都会加快心跳的脚步，并携风

一道奔向你。奔向你那
蓝天白云编织的痴狂

2018－07－24

让喜悦陪着忧伤安睡

我们已经分别三天。白昼的
阳光低头不语，脸上
还残留烟渍。满头的
鬓发在黄昏里泛白

风，从佛山吹来。带来佛音
从此，你的灵魂不再接受
冰冷的刀术，我也不再
堕落于你深邃的伤口

今夜，就让喜悦陪着忧伤安睡
如果你是喜悦，我就是忧伤

就像你一直用全部的热情
为我酿制美酒。醉醒我——
让我告别一切孤寂的堕落
坚强地走出恋人的坟墓

2018－07－25

雨

一场雨，淅淅沥沥地
下至昨日的黄昏。她的呼吸
在耳根搔，在心间跑
在梦中飘，在爱河里摇……

她在哪？窗外正传来雨啸——
笑，笑，笑……她在世界的
某个角落里独自逍遥
一张照片，迷得我无处可逃
夸张？不！此刻，我正
独自走在她欢喜的那条羊肠小道
她的眼神，足够把我燃烧

天外，飞来一只鸟——
蓬山上的去路是否多了一条
我有太多的胡思乱想——
在夜晚。我总爱追逐
萤火孤处的寂寥……

黄昏来临。一场雨喷出火苗
淅淅沥沥的。但愿我还是那只
淋着雨、追逐萤火的夜猫

2018－07－26

也许你不再回来

也许你不再回来，扔下这七月的
炽热与浪漫。在我的世界里
留下一条绵长的雨巷
你说，请勿怨诉！世间还有比这
更永恒的美丽与梦想

你已不在这里，你的倩影却常穿过我
大开的梦扉，如一缕清风
探问我的颜容、呼吸和灵魂

我不知道在这以后漫长的日子里
等待一个个你缺席的场景
我是否还会吻着你的记忆或甜蜜
在拥抱、畅饮和独泣的时候
也许依旧会有日月星辰、蓝天白云
四季花朵，长叹短嘘，以及
爱在路上，投向远方的希望

也许你不再回来
我的诗笔也许会继续跳跃在
琴声悠扬的晚上
没人欣赏或倾听。缄默沉思
在你曾伫立的窗台旁

2018－07－27

献给伤膝的你

伤膝的你
盘起乌黑的发，有紫蓝色的梦空
归鸟闹林的欢娱，炊烟袅袅的舒心
明月的清辉，云朵的飘逸

你缓步其中，听亭台外
街灯的静谧，看暮林舒展的风影……
这朦胧的夜色，你知道
最灿烂的，是身后神杯上洒落缤纷的星雨
最温馨的，是狐狸姐、松鼠弟
与你的厮守最浪漫的，是你手中的
杯与神杯若即若离的距离

你也知道：母亲河的蛀牙、白霜
在源头清洗，吴刚把酒独赏嫦娥舞
牛郎织女私会天街
许仙与白娘子牵手奈何桥

但你又不得不迎合这世间带嘲的微笑
在压力山大之际，在痛彻心扉的角落
有风信子的滴泪，有海胆化解水的谜语
有雷鸣电闪预测暴风雨

伤膝的你啊
你为何守着膝伤的秘密，以
最美的护身符昭示——白云一样轻盈
月儿一样宁静，阳光一样妩媚

2018－07－28

在惠风亭歇脚

惠风亭，是百鸟的天堂
我只是在此歇歇脚

亭外的星河，流向浩渺的天河
亭下的池莲，日夜享受
这七月粉墨登场的虫鸣

既然做客，就无须鼓噪
不妨以一粒尘或一粒沙的身份
融进它的暮色。只是
轻靠在它的栏杆上，听听
这人间的喧嚣也好

然而剧情急转——
在抬脚起身之际，一只白鸟
向我缓缓而来。她的舞步、妩媚
与笑声，从她扬起的丹凤眼里
飘溢而出，洒在结满月光的

石板路上——

那一刻。我发现，一支箭
正射向空中

2018－07－31

七夕，牛郎去往人间

从一条小巷，转到一条大街
从一页涂鸦，翻到一页空白
从佛山之晨，登临汝城之午
从烟花柳巷，转向灵山圣水

不为你，也不为今夕的鹊桥
只为乡村野老，还有我
久违的阡陌古道

别了，亲爱的你，请原谅我的
爽约。此刻，我正走在
朝圣的路上，去往人间

2018－08－20

桂城赴约

秋风扫着落树。在幽蓝的
天空下，升腾条条人来车往的喧嚣
这是桂城翻新的小街
这是十月十八日的午后

沉默的有形，取代无形的沉默
像落脚的飞鸟忽又飞走
像投影在波心里的一片云
瞬间消失了踪影

夕阳踏上归途。如一溜烟
从南海大道、海八路、大沥影剧院
飘来。像风信子，揉进
远方之城的眼里。像扇起的火苗
压抑不住游子的心跳

其实。爱一座城，无关风火
或许真爱，就在绵绵不绝的

快乐与寂寞之间。永恒得
像来来去去的云朵

2018－11－13

秋冬之恋

秋意阑珊。在初冬走来的路上
有寂静的天湖翻着云波白浪
似高原、山峰激昂的羽翼
又似平原、溪涧低吟的琴音

天上的云朵，是寒秋
邀来的明星。在湛蓝的银幕上
演绎人间的浪漫故事——
为迎接前来赴约的初冬，为
与她共享短暂的相恋时光

每缕北风，每处山水
每棵树，每处阑干，每座村落……
都映着冬日的光刻。升起
枯瘦的晨曦，落下丰盈的黄昏

良宵苦短。这是秋冬相聚的
第二个周日。寒秋向初冬

写下痛彻心扉的文字——
我的冬：我将告别你，告别你的冬季
别难过！我会在地球的另一半
守望你，我们还会相聚
在下一个秋冬之际

2018 - 11 - 18

明湖上的杨柳

日子。从水龙头流出，流出
青铜色的忘川之流

恰逢你的素颜。你还好吗？
我久违的明湖——
我久违的婀娜之柳
我久违心仪的鸟儿，是否
仍在你的心岸停留——
梦呓。鲜活了你的呼吸
温润了你的肌肤

不是所有的美都源于花树
不是所有的花树都源于鸟鸣
我久违的明湖——
我久违的青青之柳

2018 - 12 - 05

云火，不是易逝的冰霄

云火，不是易逝的冰霄
在那里，轻轻地透出
你的静美。如静待花开
守候一片安宁

不曾想，能在那里重逢
我竟忘却了你昔日的忧愁
和两片可爱的娇羞

原来，你一直就在这里
被摄入有缘人的心里。悄然
点亮我爱你的理由

2018－12－05

转个方向遇见你

久逝的钟声，常在梦中响起
江畔上的倩影，清晰渐行渐远的记忆
午夜。一粒孤舟，停靠桥头
是为对愁而眠的渔火，还是为
夜半钟声静默下的客舟

转个方向，因为想起
这灯影婆娑的街头，曾留下你
青春的气息与浪漫的歌舞
一样的冬季，一样的落叶
一样的游子。依然记得
你投向我久久北顾的眼神

转个方向，靠近你。在今夜
不！在无数个你别后的日子里
我无数次地走进那座山村，走进
那条细长曲折的山径……
并将你喊进我的梦里——

以秋的枝干叩响你的窗棂
以夏的绿叶触摸你的心扉
以冬的阳光融化你的冰雨

转个方向，只为遇见你
遇见你，是我今生最美的奇迹
相向而行的列车，总有回眸招手的
时候；地平线上的天空与大地
总有云树相吻的光景

2018－12－18

春雾，恰似一场葬花吟

我总在倾听你的叹息，我成了你口中的
一缕诅咒。这是我最想看到的你气急败坏的
诗语，恰似你给我最美的温柔

我早已贪念你的视线，我无法在你布下的
千丝万缕里找到你早已挂在树枝上的花言巧语
我太爱这上天垂落于你的泪幕
如此缠绵默不作声

我痴狂傻笑这远离于你缠绕着尘嚣的孤傲
我开始绝望之后的新生——乃至
人生感悟的巅峰之作。我还是依然抱朴
守拙。在你幻化成疯言疯语的
角落里，我努力试着忘记你曾经的或
一直以来的率真与帅气

的确，我喜欢你发自骨子里的笑与傲气。喜欢它
有时疯狂得像一束悄然而至的夏花——不！

是海浪之花，先掩埋我的躯体，然后安葬我
追随你而去的海誓山盟。尽管我已决然
赴死，你还是依然如故——

与其说这朦胧浪漫的悼词，是你唯一为我
编织的安魂药，只是为挽回或救赎这逝去的
永恒：痛苦并快乐着。我想你绝对知道
这是你我不可预知的结局

我死啦！死在你春情涌动的叹息里
我活着，活在你漫无边际泪眼婆娑的夜色中——
像葬满春花的眸子，全是你的或是我的影子

2021－03－05

第二辑

地球对太阳诉说

地球对太阳诉说

定是偶然的
我成了她怀中的
生命

何等艰难
背着七大洲
抱着五大洋
牵着条条江河
自转一次要一天
公转一次要一年
我才知道
世上所有的路
都在她的心中
环绕

我终于明白植物与动物
根与果实，大江大海与船
以及天空与泥土

所包含的
意义

对于她，我永远负债累累
纵使在严寒的冬夜
她的影子
也会在我的血脉里
倒映如春

2010－07－22

鸟眼里的春天

那一定是一字形飞翔下的呼喊
那一定是 V 字形翱翔中的凯歌
那一定是方阵涌动里的翩飞

随微微润湿的空气而来
随水暖花开的季节而来
随筑巢爱情的森林而来
随诗情画意的春天而来

在雪水涓涓草色青青的河中央
停歇，扇动翅膀，将冬眠在地洞里的昆虫
一起叫醒。在空旷美丽的田野上搭建
歌的舞台。白天有蜂蝶的欢唱
夜晚有蟋蟀的交响

在冰霜洗礼过的静静的森林里停歇
梳理着毛发。将美妙的心情巢安在稳当当的
树杈里，将清新宁静自由的夜空当成

梦幻的家园，将每天热闹繁忙而浪漫的
身影，当做生命孕育的里程

它看见斜靠着夕阳流淌着黄昏的屋檐
它看见时间紧锁青苔幽幽的小巷
它看见飞花飘落旋律奏响的池边桃树
它看见最后一株秧苗在月光下插落在田间
它看见最后一片素裙从身边飘逝在
玫瑰园里的游椅上

2010 - 07 - 26

梦里水乡

我愿做一朵清纯活泼的小浪花
在梦幻般绮丽的里水河里静静地酣睡入梦
我梦见金色的杨柳旁有亭亭玉立的小姑娘
在柔长柔长的水中央。还有一只
嫩绿可爱的小鸟，在清风里频频点头
轻轻吟唱

从清晨唱到天亮的时候
我来到了它惊喜万状的地方
并在溢满芬芳的荷池边偷偷地将水乡唤醒
好让粉红的晨光洒满水乡初醒的脸庞
好让清凉的露珠浸润着水乡怀中安睡了一晚的
杨柳、美人蕉、荷花、小草、白水鸭
和轻舟画舫

此刻我多想做一支浪花们追逐的长篙
为一睹那爱慕已久的依依杨柳的倩影而来
为追寻那娇艳欲滴的美人蕉而来

为嗅闻那飘满绿意和诗情的荷叶香而来
为跟随那漫溯在幽长河道青草映衬的白水鸭而来
为重温那荡漾在里水外河上的轻舟画舫而来
然后我与它们一起尽情地招摇在
金辉的夏日里，唱着轻柔舒缓的歌，跳着
激情澎湃的舞，喊着委婉动听的小姑娘的乳名
拉着母亲修长飘逸的手
听着父亲深沉厚重的鼾声
然后我们在醒着的睡梦里咿呀咿呀地
舔着春天的芬芳
嗅着夏天的清爽，含着秋天的果香
哼着冬天的安详

此刻我完全陶醉在这水乡的梦里
依稀听到四通八达缠绵的汽笛声
高楼大厦曼妙的歌舞声，西华寺院
缥缈的钟磬音。我想它们一定也在为这
梦幻般的水乡，诉说别样的衷肠

2012－06－18

夏之恋（组诗）

初夏

初夏的衣裳一件一件脱落
身体的羁绊和包裹着激情的闸门慢慢打开
不妨先伸出手脚，探出头来，再试试外面的温度
然后大大方方地走出来
然后在门前的小路上跑起来，跑向田野
然后在田野上奔跑，一路奔跑，一路加速奔跑
然后赤身裸体地奔向江河，奔向大海
然后尽情地拥抱大自然，尽情地
享受暖暖而痴痴的阳光

仲夏

将树叶的颜色织成链条

你会选择在翠绿的榕树下荡着秋千，唱着儿歌
将奇异的山水绘成夏日游的宣传画报
你会选择故乡的某一风景区作首站热热身，练练脚
将衣链、裤链、鞋链、提袋链统统拉开，统统放一边
你会选择在清凉的瀑布泉里戏水，在绿茵茵软绵绵的
球场上玩球，将掉了链的自行车重新给它安好链
然后继续往前骑奔，你会在挑战的激情下到达终点
将拉着链的包裹从故乡拖向异地他乡
当你将包裹的链条小心翼翼拉开的时候
意外地发现包裹里还包裹着父母的心
然后你便在感动中从容地开始你的
打工生活和快乐的流浪

夏末

清凉的早晨赶在立秋的日子之前来到了
夏天在哀伤着告别即将隐退的季节
树叶以最绿的姿态迎着秋风的脚步
白云飘荡在流浪儿的心海里
让湛蓝湛蓝的天空无拘无束地伸长
让翱翔着快乐着的鸟儿舞动歌狂
让夏日的背影书写着
最慷慨最儒雅的诗行

2012 - 08 - 22

奔流在花瓣上的珠江（组诗）

珠江印象

站在中国最南端的海岸线上北望，你会看到
一簇紧紧相连、奔流在岭南大地上的花浪
浩渺的南海是她凝望的镜子
肥沃的红土地是她守望的故乡
她像优雅端庄的母亲，更像活泼青春的姑娘
她含情脉脉、将目光迎向远道奔来的花季子女
她戴着花冠，灿烂在花城之上，闪着金光

星河北江

在层峦叠嶂的南岭深处长眠
谁也不知道门前的母亲河究竟流向何方
风正从驿站南边的河谷吹来，脚下的红土地

早已温润如酥。站在高高的山冈上
一只金鸡正在夜空中歌唱欲晓东方
一朵鲜红的花儿正在打量山镇明媚的晨光

列车载着北去南来的渴望
在曲长的大瑶山隧道里日夜呼啸
不知是吟着故土的衷肠，还是在吻着这片
神奇土地的馨香。而目光却始终向着
窗外那风正吹拂的山冈

哦，原来母亲河奔流的方向就是那风吹来的地方
原来那起舞如龙、热情似火的群山就是
四面八方咆哮而来的急流的导航。它们将这
大大小小的急流引向那更为浩荡的大江——
这大江就是奔流向南的北江

啊，北江。你不知牵动了多少南来北去的目光
你不知点缀了多少名胜古迹的模样
你不知滋润了多少苍山翠林的肌肤
你不知养育了多少山城村落的希望
啊，北江。你是夜的暖流，你是生命里的星光
你是谱写在千山万谷里最隐秘的诗行

太阳河东江

东江，我读了二十年才读懂了你——
这条刻有“红三角”符号的河流
有着革命摇篮里“红星闪闪”的遗传基因
有着东江纵队奋勇杀敌的革命历程和义胆雄心
有着客家人典雅淳朴的千里厚道和万里柔情
有着潮汕人“爱拼才会赢”的勤劳锐气和创业真谛
有着百万民工挥洒的汗滴、智慧与诚挚的热情
有着与香港同胞同饮一江水的深情厚谊

今天，我站在祖国最南端的海岸线上仰望
仰望你奔流而下、稳健从容的身影
仰望你凯旋、投入母亲怀抱的笑靥和雄姿
仰望你享受阳光、呼吸海风、嗅着花香的模样
我懂了，东江——其实
你是燃烧在激情岁月里的火把
你是闪耀在南粤大地上不灭的阳光

月亮河西江

夜行在西江之上，犹如步入月宫。在月宫的
城楼上，我看见了火辣辣的太阳和太阳身后

握着长弓、目光如注、腾空飞跃的后羿
以及大汗淋漓、尾随而来的夸父。然而
我并非行走在夜空中的月亮之上
我只是在月照之下的西江上，再次感受
天边月宫的那片幽静与清凉

只可惜今夜月宫的嫦娥看不到西江
更看不到地球上的桂花树和吴刚英俊的脸庞
我只有把今夜的荷城看作月球，把眼前的
西江河看作奔流在月宫门前的月亮河

在白雾笼罩、杨柳婆娑的河岸处
依旧有着一样的街灯、树灯与穿梭的车灯
依旧有着一样的清辉、辽阔与宁静
依旧有着一样的姑娘及其如嫦娥一样
衣袂飘飘的舞歌与体香

此刻。远近的城乡依旧一片一片地
将夜空点亮，只有眼前的西江河
像低暗里一条雪白的绸缎，在悠悠远远的
桨声灯影里，一直飘飞到朦胧苍茫的天际
似乎载着我的情思和遐想、快乐与忧伤
带向那遥远的地方

2013 - 12 - 22

一张旧相片

它将我揉成无数首诗。只有情诗才能
对得起我 25 个春秋日日夜夜倾心于你的思念
它，让我折成无数页记忆。在每一个
破晓时分，只有曾经的金鸡飞到我梦中的
窗棂，鸣唱着一个诗者对一个歌者的眷念
它是一条牵在彼此手心的绳子，将你我的
游子生涯和相思岁月紧紧地系在一起
让你我的身影随意闯进彼此的梦扉
犹如我在你的心岸低吟
犹如你在我的湖畔私语

它是属于你我曾经故事的见证。见证了曾经的你
曾经的我，见证了彼此将对方深埋心底
又将对方拿出来反复凝望的眼神

它催响了彼此重逢的脚步
此刻，我像思乡的游云，飘在向北的天空
带去最浓重的神采，最帅气的着装

最动人的琴声，最优美的诗语
此刻，你像思母的燕鸟，飞行在充满
诗情画意的归途。带去最轻柔的风，最温馨的
目光，最阳光的呢喃，最花艳的舞姿

此刻，我们重逢在母校，重温在
往日的林中小径、往日的出租屋、往日的
大街小巷……还有我们手牵着手一起走过的
那座魂牵梦绕的铁吊桥和桥下那条
含情脉脉的母亲河

此刻，我们沉浸在无比甜蜜的醉里
忘了谋生创业的辛酸，忘了为人处世的艰难
忘了为人父母的痛楚，忘了告别爱情的忧伤
忘了坚守家庭婚姻的哀怨

它，一张旧相片
终于在你我重逢的这一刻刷新、升华
而一张新相片，已在前面等着
也许更美丽的故事或更忧伤的记忆
还得继续上演。伴着我们一生

2015－08－27

一朵去年的雾

一朵去年的雾
在鸟儿的眼里刺了一块伤
将缀满忧伤的枝头敲打在
异乡的门窗上

异乡的坟山摇曳在林雾中
喘着馨香的呼吸，为鸟儿疗伤
哪像去年寒冬的雨雾
将病魔致死的母亲埋葬

站在异乡的窗前。我愿做
人间四月的第一缕阳光
洒在故乡的母坟上

2016－04－06

你是今日那片温馨的月光

——写在母亲第一个忌日

今年的昨日是母亲的葬礼，去年的今日是母亲的忌日。今夜，我站在异乡的高楼上仰望，残缺的月光如葬花般漫天飞扬，心归何处？母亲在何方？

——题记

像受伤的白鹭，栖息在无名的山冈
像走散的云雾，蹒跚在幽深的溪巷
像枯萎的芦苇，摇曳在苍凉的林莽
你是什么？你是昨日那缕孤独的月影
今日那片寂寞的月光

如西辞的仙鹤，喑哑在游子漂泊的路上
如坠落的羚角，刺痛在山巅羚儿的心脏
如弥留的回光，反照在风尘仆仆的归航
你是什么？你是昨日那缕永别的月影
是今日那片残缺的月光

似欢唱的母亲河，抚慰寒冬腊月喷薄而出的暖阳
似闪烁的启明星，守望人间正道成长岁月的沧桑
似灿烂的鲁冰花，放飞儿行千里心向远方的梦想
你是什么？你是昨日那缕慈祥的月影
是今日那片温馨的月光

2016－12－08

留念当年的那粒萤火

起初是一粒萤火，闪过我的眼波
我看它，独自飞向凄清的山坡
它寂寞，我也寂寞

有时它像夜莺的歌，悄悄钻进我的
心窝。我抚摸它，它抚摸我
它不再寂寞，我不再寂寞

后来。它成了我手心里的信鸽
将我全部的爱火点着。我紧跟它
翱翔在星光璀璨的银河

2016－12－18

冬至凭吊

阳光、爆竹、纸钱，是白昼以最短的
光圈，诉说子孙最深沉的愁怨
月光、烟花、灯光，是黑夜以最长的
辞章，抒发子孙最悠长的怀想
千年古墓，千年的皇恩浩荡
万里古魂，万里的子孙柔肠

最是那虔诚的低头，如直落九天的
瀑布，给九泉之下的列祖列宗，洒下
温馨的祝福。刚瞅见太阳爬上
白昼的额头，便见太阳将冰凉的双脚
伸进黑夜的心头。哪像夏至？月亮
刚钻进清凉的梦乡，就将温热的尾巴
掉进白昼炙热的胸膛

冬至。一个亘古不变的节日
笼罩在绵延不绝的碑墓之上

踏遍的，不是簇拥之花，而是盛开在
万里江山上的凭吊之殇

2016－12－22

今夜你平安吗

一年三百六十五天
三百六十五个夜晚
只有一个平安夜

我活了四十六年
过了一万六千七百九十天
过了一万六千七百九十个夜晚
过了四十六个平安夜
夜夜都是平安夜

活着真好！活着就是平安
今夜你平安吗
今夜你平安
就会笑着拥抱明天

2016－12－23

圣诞夜

被云雾紧锁的夕阳，刚从黄昏里
逃出来，又掉进了夜幕
夜幕为何紫红得如此恐怖？
无人追问。我只顾闲游，直至
夜深人静的街头

我看见月亮被撕成无数只红色的
蜻蜓，倒立在圣诞树上，摇摆着
叶裙，跳着性感的肚皮舞
我还看见一对恋人，戴着圣诞帽
穿着圣诞衣，从天堂口走出
向着寒风招手，向着雪花大笑

我也笑了。我笑圣诞老人
一定躲进了人间地狱

2016－12－26

走在榕树道上

寒风见我就吻。单薄的衣服被撕扯
露出狮子般的口，狂呼不止

是本能，还是被逼？寒风随我
跑到一棵榕树下，像被揽进母亲的
怀中，温顺得如同两条小狗

我随手抓一把榕树的胡须
又长又细又柔。像山坡上的茅草
更像父亲滴落无声的嗔语

2016－12－27

芬芳在山巅的鲜花

人生就像爬山
定有太多的曲折与变数——
也许你已临近山巅
也许你还挣扎在山腰
也许你还在山麓下打转
也许你根本走不出山路
没关系！人生就像
行驶在大江大河里的船
总有冲出急流旋涡的时候

爬山亦是如此：等到
你将头闪亮在险峰之上
等你将脚踏在高山之巅
奇美的鲜花必将展露笑脸
芬芳着你满脸的沧桑
而你坚强的背影必将
被黎明的金灿缀满

2017－01－03

在黄昏与清晨之间

岁月，在暗夜里缺氧
时光的瞳孔布满瘀伤
枯黄的藤蔓缠绕在你的心房
也许你每天反锁的
每一缕阳光、每一片黄昏
都是你苟延残喘时的
返照回光

请赶快打开心扉吧
在你的心脉尚能跳动之际
在你的神经还算清醒之前
去迎接黄昏的风
像漫步在森林一样
静静呼吸在鲜花怒放
百鸟歌唱的清晨

2017－01－04

早春二月

春寒料峭的早晨
给寒风鼓噪的荷塘
探出一头敞亮
在枯死的莲茎
与污浊的泥水交接的地方
渴望冒出一粒荷苞
突然打量在鸟儿
欢欣雀跃的树枝上
再给坐在山坡上打盹的
亭子一声嘹亮
没等亭子醒来
一条条皱褶已从冬被的
身上轻轻滑落
嫩绿的装扮悄然登场
一件件，一朵朵
闪亮在早春二月的
肌肤上

2017－02－14

弦上的音乐

弦上的音乐
流淌在月儿夜行的
路上，拂过山冈
轻轻打湿一树芬芳
被月儿遗忘的
林堂，守着一扇
凝望，默默为夜绽放
一页一页的诗行
不知道天空中飘着的
那朵白云，是否
也像林堂一样
侧着似水的脸庞
思飞夜的心房
将孤独的情歌
刻录成雅致的光盘
打包快件

寄向月儿

投宿的远方

2017－02－16

三月三

当蜡梅被爱拐走
云儿与雪儿便躲在太阳的背后
催响昼的溪涧，烘暖夜的屋檐

三月三
地母为桃花开，笑开颜
地父为草儿绿，把牛牵
三月三
一片晴朗的天，一张明媚的脸
从早到晚，都在张罗一场
盛大的婚宴

人们看到百变新娘的额头上
悬着一弯羞红的蛾眉月，迟迟
不愿闪进情郎酒醉的房间

2017 - 03 - 03

迷途的诗歌

攀爬于名山之途
面对四面八方的刀侠武客
不得不亮出利剑，在悬崖之上
挥动透骨寒心的光芒
紧握住不请自来的灵光异感
刺向高深莫测的魑魅魍魉
这已不再是轻狂的你曾经走过的轻狂的路
也许一次酒醉，一个跛脚
便会将你陷入迷花异草的死亡之阵
滑向万劫不复的万丈深渊

前脚已踏进名山之巅
后脚怎能退至悬崖之险
上身已拼杀缠斗于凌风之树
下身岂能兜兜转转于帘洞之水
面对名山丽水，只能做笑傲江湖的
令狐冲。一手提壶饮酒，一手紧握剑鞘
将俯视于你的虎豹豺狼震落穷途

将飞天而降的鬼怪妖魔逼向绝路
血雨腥风的黑夜如此漫长
人仰马翻的战场如此惨烈
直至放浪不羁的灵魂将儒雅的肉体出卖
让赤手空拳击碎一切伶牙俐齿
让行空天马踏破鬼门的生死观
让黄昏与黎明在层层剥落的消亡中
露出铁铮铮的文字和铿锵锵的诗行

来一段婉转悠扬的琴箫合奏
将人间江湖的山水之韵看作一枚
奖赏劫后余生者的勋章。而身首
异地的罪恶之魂，早已被打入
阴曹地府，等待阎罗王的
点名入册

2017－03－03

为何诗歌会在梦里醒来

为何诗歌会在梦里醒来又在醒来睡去?
为何梦在昼里睡去却又在夜里醒来?
在昼夜交汇的窄径上，你会听到梦的
声音，看到诗歌的微笑。

——题记

走在世俗的路上
我弄丢了裹着诗歌的梦
渐渐滑向堕落的迷途——
万丈悬崖或几近阴曹地府

感谢自己还能醒来，还能想到
自己必须逃离绝境。在这上不能上
下不能下的生死边缘，我只能
选择左右横着走——
左着走，漆黑一片，无路可走
右着走，漆黑一片，无路可走
我不得不回到原点，另谋出路

此刻我早已身心疲惫——
一个声音说道：放弃了吧？
一个声音答道：不！不能放弃

“喂，同志，早上好！”
在昏睡中——我听到了梦的声音
看到了诗歌的微笑。它们就像
惊雷与闪电，在眼前劈开一道
山花烂漫的峡谷，一条光明的蹊径
我想——梦以及裹着梦的诗歌
一定在等着我，一路前行

2017 - 03 - 18

母　亲

母亲是春天
有浪花闪闪，有清泉涓涓，有流水潺潺
有飞鸟呢喃，有鲜花娇艳，有蜂蝶翩跹
有云朵脸蛋，有雨珠泪眼，有杨柳身段

母亲是夏天
有绿茵软软，有烈日炎炎，有炊烟爰爰
有禾穗甸甸，有田垄缠缠，有山路弯弯
有林峰绵延，有渔歌婉转，有星空璀璨

母亲是秋天
有秋谷饱满，有秋果香甜，有秋云浅淡
有秋空辽远
母亲是冬天
有冬梅火热威严，有冬雪高洁傲岸
有冬日宁静平安

母亲是天！是摇篮

有天边风雨雷电；有大海狂波巨澜
有大地深情厚爱
母亲是诗歌是书籍是画卷
心灯之下，百读不厌

2017－05－15

一场雪在历史的沙滩上沉淀

一场雪，揉碎了一首歌的神话
谁说这里的天空不下雪
雪过花飞，甜蜜了
多少城乡的渴望
浪漫了多少人的梦想
瘫痪卧榻的“史志”
被输入了一笔珍贵的注脚
而太多太多的美丽邂逅或
瞬间美丽早已在人们
日渐充盈的脑海里
淹没，却又在
日渐衰竭的脑海里漂浮
沉淀在历史的沙滩之上
像金子一样
像遗书一样

2017－05－21

遗落的诗稿

诗稿。被遗落在乌亡的天梯
罪魁祸首是梯外的乌云
匆忙路上。满眼都是
黑沉沉湿漉漉的蚂蚁

手机里传来急促的雨点
敲击着世俗的脑门
刺痛了诗的灵魂

2017－05－21

知了（组诗）

之一

当最后一声凄切，被
撰成词人寒秋的绝唱
盛夏的阳光与绿叶
便成了沉睡者
梦中的回响
沉睡于冬
潜伏于春
如寂寞的躯壳
一动不动，不卑不亢
如孤独的灵魂
涌动着
生命的执念
和光明的信仰

2017－05－30

之二

傲霜斗雪，梅花从不低下
高贵的头颅
隐姓埋名，知了依然闪亮
深邃的眼眸
梅花以火红的微笑告慰
苍茫的土地
知了以温馨的目光吊唁
逝去的亡灵
一明一暗
都各自投身在最残酷的战线
与凄风苦雨
与寒霜酷雪抗争到底
决不与苟且偷生的
蛇虫鼠辈同流合污
梅花以悲壮的牺牲
以滚烫的热血
迎来春天百花齐放
鸟语花香的黎明
知了以高亢的号角
以嘹亮的歌声
守望绿叶的脆响和
烈日的轰鸣

2017－05－31

之三

知了是汨罗江畔上的歌者
屈原的决然悲怆，将其叫声
哽咽为千年的凄切
知音已去，只留
一条弧线
一根飘骨
一本绝唱
试问孤独的知了谁为之孤独
寂寞的歌者谁为之寂寞
饮一腔楚水
饮不出悲愤者的悲愤
捧一本《离骚》
捧不出绝望者的绝望

一个叫端午的节日
一粒叫粽子的祭品
一桌叫诗人的诗卷
以及龙舟上鼓点敲碎的
号子声，绝不是
屈大夫以死抗争精神的全部
也绝不是一代诗人
恨天悲地的初心

端午，一个用屈原的死
悲壮而成的节日
谁都可以不出席
唯独缺席不了知了这个
隐姓埋名千年的诗人
卧底潜伏千年的勇士
在这美丽灿烂的季节
在这清明祥和的夏日

2017 - 06 - 02

之四

知了。定是屈原的魂灵
或是追随屈原魂魄的诗人
他们着上夏日的盛装，坐着
战国时代的地铁，穿越千年历史
幽长的暗夜，火速赶来——
赶往人间光明富足的土地
诗意盎然的故乡

凤凰花开了，开在知了眷顾的河旁
荷花开了，开在知了热恋的林塘
紫荆花开了，开在知了心驰的街巷

萱花开了，开在知了神往的山冈
鸡蛋花开了，开在知了痴迷的殿堂

每一处城乡都飘着粽子的米香
每一片蓝天白云都流淌着欢唱
每一条江河都澎湃着龙舟的衷肠
每一方学堂都奏出《楚辞》
《离骚》的交响

你听，汨罗江畔的知了正捧出
诗喉，呼唤九泉之下的屈原
笑醒在人间天堂

2017－06－03

我是飘在你深宵的梦朵

只是一个小小的承诺
我为你沉落了三年的寂寞
一条被承诺于你的雨巷
像是游走在微茫山路上的雨鸽

不是黑夜带走了你的白昼
是白昼一样的欢乐，成了你
黑夜梦歌的萤火
像山风一样，飘飘
像丛林一样，默默

不是白昼带走了梦歌的萤火
是梦歌一样的萤火，飞上了你
蓝天诗吟的云朵
像山花一样，甜甜
像蝴蝶一样，烁烁

这松岗午后的雨烟

是你私语的缠绵
我为你的承诺，是飘在你深宵的
梦朵。彳亍着你的寂寞
像你一样诗吟的雨巷
诗吟着你的忧伤
像你一样梦歌的山河

2017 - 07 - 17

天仙之约

昨夜流星雨，滴滴是信函
试问天仙何处？天外有天天外天
一把人生，一门心事
四十七载终成仙

举杯邀月，光阴流转
广寒宫前人马欢
闲来垂钓，诗仙结伴
银河两岸稻花甜
乘黄鹤去，请昔人返
天地一道愁了断
天街信步，灯笼夜炫
鹊桥座座通人间
仙山万重，神阁点点
云雾飘飘绕楼轩
仙居城外，青草翠木
流水轻舟绕高山

信函在手，夜不能眠
把存酒喝干，何日随仙上青天

仙鸟神鹰，形如利剑
划破乌云斩雷电
仙云苍鹤，声如鸿雁
嘶叫长空晨霜落、满晴天
即刻启程，驾其轮番
一朝一夕到仙山

与天仙聚，把仙酒灌
忘了王母、观音未请安
携天帝走，把肩儿坎
一路酒歌，一路蹒跚
每到佳处止步不前
时而狂欢，时而流连
情到深处，开口便邀天仙
移步下人间——
吹箫溪涧，抚琴苍山
天下早无烦心汉
且将余生寄江海

2017－12－02

一场葬礼

一场葬礼，没有眼泪——
悲伤，早已装进
封存的记忆

记忆不轻易打开——
打开，悲伤便一块一块地
从胸口流出

然后，爬满岁月的沟壑
丛林。准备安排
下一场葬礼

2017－12－05

酒仙·城楼·棕榈

一个酒仙，爱上城楼
寂寞着一瓶寂寞的酒壶
一排棕榈，欲上青天
沉默着一个沉默的酒仙
你以年轮的速度穿越世纪风雨
我以醉红的频率笑看人间风云
把知己留下
伴你我直上摩天的仙宇
把云烟挽留
馋了行人，欢了少年，愁了白头
你不是花树却不拒花树
你不是秋实却不拒秋实
你庄重得，像冬雪翻墙而下
你激情得，像夏雨呼啸而来
你妩媚得，像春风爬坡而过
你最喜欢让我的酒歌
唱响你的清辉
让我的醉舞挑动你的静穆

你看，我的一抹醉红
已爬上你的额头

2018－03－12

我在你的德云天堂

因为你，欧阳
我用投射二十个世纪的目光
扫描你利剑之魂的锋芒
被你江湖豪杰的侠肝义胆吸引
被你谦谦君子之风激荡
我把三十分钟的路途
走成穿越两千年血雨腥风的
兜转跌宕——

从高明的南蓬山到顺德的杏坛
从杏坛的德云居到逢简村
醉了我，这人间去的半神仙
苦了你，这天堂来的花和尚

欲见易，梦一场
相见难，山长水阔弯且长
此生怎料——

你在我的逢简水乡
我在你的德云天堂

2018－03－18

一树弹开的花蕾

总想捕捉你穿越抗日烽火的身影
总想聆听你誓死杀敌的英雄壮举
“别了，可爱的母亲！
就让儿的一腔热血，染红您脚下
这片土地”

你是这样一座碑，让我走近你
仿佛走近一树弹开的花蕾
红红的字祭，灿灿的碑体
灿了这四月的乐平
红了这三水的芳菲

我不是你，你是碑，是英雄花
是来自天堂的彩云
熠熠的，有太阳的光辉
闪闪的，有星子的清明
你也不是我，我是幸福，是和平
是追随你的赞美诗

飘飘的，有浪花的喧腾
渺渺的，有火把的歌吟

你是这样一座碑
像一树弹开的花蕾
像一本红色的记忆
像一炷永恒的安魂
芬芳着人间四季的梦扉
清亮着母亲每一个祥和的黎明

2018－04－14

冯氏宗祠

穿越人间四月的天空
步履在一节一节的骨头上
绽放春朵
诗意的目光扫描这五百年
铅华的历史
优美的旋律奏响这红土地
曾经的战歌
一个叫隔坑的古村
一座名冯氏的宗祠
有着怎样的红色传奇和抗日烽火

青砖黑瓦与湖光水色
相映成趣，和谐生辉
坚挺的山脊与肥沃的土地
随心而舞，交相辉映

谁能诠释或演绎这世间
最幸福的时空，最光明的距离

触摸冯氏先辈来自九泉与天堂
欣慰的呼吸
直抵人们心底的不仅是遥不可及的
蹒跚的年轮
呻吟的故事
沉浮的灵魂

出发吧，跃上一叶扁舟
驶出它伸向湖心的长亭
轻轻挥手
这飘空的美乐
这春红的天空

2018－04－25

走近桃柿古村

从抗日纪念碑到隔坑古村
四月的天空一路芬芳一路飘香
我走近你，便想起你也有着
这芬芳四月的芬芳
正如这缕缕的飘香，吹自你的方向
这闪闪的泪光，打向你
溢满春红的脸庞

我是怎样地走近你
满怀惶恐与敬畏，穿越你曾穿越的
那片片烽火弥漫的天空
喊着你的名字，凝望你曾凝望的
那座座拼死抗日的山岗

我是怎样地走近你
也和你一样，以溢满春红的脸庞
打量你饱经战火洗礼的慈祥
也和你一样，以榕树阵的军姿

端详你闪着荣光的模样
也和你一样，以沉稳从容的步履
激昂在你热血沸腾的心坎上

此刻，我就在你的身旁
聆听你的心跳，抚摸你的荣光
你似乎离我那样远，又离我这样近
像当年的曙光
又像今日的春光

2018－05－05

在大旗头古村

这里，古迹悠长
镬耳屋、振威宗祠、建威雕像
“文房四宝”的庞条巨幅
依旧闪着久远的辉煌

这里，风水绝佳
坐西向东，河溪环绕
美人蕉、榕树、兰花、槐花
点缀其中，锦上添花

这里，红色是主调，是主角
更是骄傲
寓意古村的红色“寿”字
迎风飘扬的五星红旗
灿然如火的木棉花
赫然醒目的红色驿站
郑大夫家庙的历史画卷
珠江纵队抗日地下联络站的鲜红扉页

无不为这片红土地奉上郑氏先烈
厚重而不朽的红色经典

此刻，我忘却了村庄古老的意境
完全陷进了那片
被日寇铁蹄恣肆践踏的中华大地
完全潜进了那条郑子桂
用生命与智慧开辟的“南水花”隐秘战线
完全闯进了那段珠江纵队英勇抗战的
艰苦岁月

爱国，不一定驰骋疆场
隐秘战线，同样可以铸就
“还我河山”的璀璨勋章
如今，大旗头村的红色符号
如同常青挺拔的红棉古树一样
永远绽放出英雄的荣光
如同屹立不倒的五星红旗一样
永远闪耀着胜利的光芒

2018－05－08

这风是从骨缝里吹来的

这风是从骨缝里吹来的
先是左足，后是右足
现在蔓延到了左膝……
走平路，走下坡路，它不搔我
要是我爬楼梯，走上坡路
它非得把我往死里整
它从骨子里反我
它一开始便亡我之心不死
而我呢，天生就是一身傲骨
怎能让这身下的风侵杀
——痛或毁我强大起来的
身躯与灵魂？

2018－05－15

一根哽咽未绝的漂木

一条河映入我的瞳孔
溢出千年万里奔突的悲风

耳畔上的知了
唱着五月炙热的歌
为眺望一粒孤舟，踟蹰在一条
没有归人的归途

风从坚挺的脊背间吹响
是离骚的魂牵梦绕，还是
离骚九歌的回波旋浪

鬼哭狼嚎的故都离江心太远
只有咯血的诗喉泪眼
呜咽一河的别恨离愁

可怜的香草屈大夫啊
我看见您——撒上香草的

香水，穿上棕叶编织的
青袍，捋着洁净发白的胡须
戴着一顶楚式草帽……
纵身一跃。一道
沉重的弧线，定格在了
一河史册的扉页之上

江心寂寞！见证了一朝
故国的落寞。而楚风——
至今还在打捞一根
哽咽未绝的漂木

2018－05－29

闯进荷梦时空

好久没闯门了
原来你一直在等我

看见你淡忘我的文字
才后悔在你的身后
拐了脚

脚好了
赶在你梦飞的时空
偷窥。疑心
那片片青青
那红红朵朵，是你为我
虚掩的门套

来了，就不走了
我要像你一样
做一回荷梦
能在云雾缭绕的早晨

数着你朗朗的
回音

2018－05－29

孤独者与一场夏雨

守在十三层高楼上，恍如人烟
这寂静的午后，比深夜的林径可怕
至少林径上还有萤火

城市的那头多么喧哗
车子、人群的呼吸在猛烈交吻
世间某些角落常被人遗忘
没有人会不计成本走向你

也许这午后，是唯一能带给你的慰藉
它轻柔地从早晨从东方之顶
走下来。那些叫得欢的知了们
早已失声。时光飘逝——
你伫立高楼。静静守候
昨夜预约的一场雨

雨，在南边的城峦集结
如翻腾的狼烟。她迈着云步

轻盈，芬芳，款款而来……

你向她张开双臂，喊着她的名字
发出絮絮呢喃：亲爱的，来吧
正是时候，陪我坐坐——
聊聊彼此的欢乐与烦忧，畅想
黄昏降落之后，多么令人
陶醉舒心的夜晚

2018－07－25

没有阳光的日子

衣服，裤子，鞋，在跋山涉水
蚂蚁在阳台上进进出出
虱子从头顶搬进了肌肤
青苔也不示弱，偷偷
爬上了窗棂

没有阳光的日子
诗笔在房间里打盹
书籍在书柜里犯困
盆景在角落里萎靡
床榻有了旧房子的遗味
壁虎在墙壁上匆忙应对着
四面八方奔来的虫子

没有阳光的日子
白昼与黑夜抱得更紧
朝霞与晚霞也结对去旅行了
最苦是上班的人群，喇叭与车灯

亮响得急，交警到处都是
孩子的哭声和老人的骂声
从远处传来。一切都拥挤在
狭窄的视线里
一切都笼罩在一层神秘里
分不清哪是好事，哪是坏事
哪是善人，哪是恶人
哪是正义，哪是非正义

2018－07－26

逢简水乡

你从旧巷来，把前人积蓄的
光芒，洒落在每一段
岁月的柔肠上

小河，流进了你的心房
哗啦啦地。欢乐了你的时光
也醉了南来北往的梦乡

这来去匆匆的小河啊！她为何
对你如此痴狂？也许
今日的那波荡漾，就是
去年今日的那波水央

春夏秋冬。无数次轮番登场
你有数不尽的悲欢故事和神话
传说，都来不及撰写和传唱
而古桥边的老树，却以
粗壮的年轮、饱经沧桑的肢体

诉说你古往今来的风雨声响

我从新巷来，走进你的旧巷
我愿做小河的一朵浪花
闪亮你的芬芳，让南来
北往的客，坠入你的梦乡
或者撒下一粒种子，长成
一棵树或一句诗，依偎在
你的身旁

2018－09－29

在祖国的蓝天下

在祖国的蓝天下，我已茁壮成树
守护丰盈的村庄、黄澄澄的田野
金灿灿的稻穗

白云在头顶上飘飞
我陡然发出幸福的呼吸，像
这十月的风，闪着七色的波动
从粉红的唇边传来母亲的
呢喃，父亲的呼唤
这是我用火热的心爱过的人
用厚重的绿意回报的土地
用执着的血脉繁衍的生命
用坚挺的脊梁托起的灵魂

当然我更愿意每天以
袅娜的炊烟迎接东方红日的升起
以清澈的溪流唱和中秋之月的
银河之舞。为那些一去

不返的沧桑岁月，绽放
幸福的笑靥与甜蜜的记忆

2018 - 10 - 04

当你转身回首

当你转身回首
凝望我挣扎在风雨中的身影
我的四周都是扬起号角的树丛
像在一个超度魂灵的国度

我诞生于春暖花开，闪着
一身的绿，沉默寡言
在炙热的夏天潜伏
微微露出枯黄黝黑的皮肤
并将仅存的一缕呼吸
淹没在潦倒的荒野之景

当你转身回首
发现我就是曾经的那头蜗牛
我的一切变得如同春回大地
你所赐予我的一切，便是
暖风吹拂下的光明土地

2018－11－23

追忆，悄然如风

高楼上的灯影，拉长了
夜的深邃。嘴角上的烟火
陡然坠落，清清脆脆地
仿佛当年母亲坟上那首
最刺骨的葬歌

悄然北望，泪眼婆娑
谁在测量春夏秋冬的离索
望眼欲穿，山长水阔
谁在凝望南飘
北归的云朵

今夜，鸟是城市里的
一粒寂寞。寒风中的
巢窝，如同昔日病榻上
母亲独守的病魔

2018－12－06

杜岗坡上的半轮月亮

孟子搭建的天堂，出现在
转弯抹角的杜岗坡上

吴刚有约，在远离桂花树的
冬天。夕阳的一声脆响
喧腾了一河的归航！上路吧
趁着渔火，奔向
王伦兄的桃花村巷

半轮月亮升上来——
李白兄欣喜若狂；张若虚的心海
涌起千层金涛万堆碧浪
杜岗坡就是今夜的陶潜村庄
今夜的吴刚茶馆，今夜的
东坡走廊……

半轮月亮升上来——
广寒宫的门窗敞开。满屋子的

吴刚，轻轻碰响桃花杯里的愁肠
李白兄高歌原创《水调歌头》
张若虚迸出一道灵光：
今夜，我要改弦伴唱

2018－12－20

白色的飞马雕像

是注脚也是叹号，是诗眼也是飞梦
所有的目光，从夜幕下的灯光里
激荡得像一列奔袭而来的海涛

黎明，人们醒之于寂静
最后的一瞥——马厩里失色的
生之边缘，如瞬间度完一生之后
坠入黑暗的铃铛
耳畔遥响。像风，呼叫而歌
像飞鹰，嘶叫长空

哦，草原！凸起的，另一个世界
传来山峰下的曲谷碎响
整个城市随之上鞍，笑脸呈现
此刻时间暂停，似乎在倾听
但是，即又向前……
发亮于天之端

2018－12－26

绿岛湖短歌（组诗）

1

绿岛湖，你定是大师奇思妙想的
缀笔。白鹭，在我到来前
她为你吟满了诗句
我需要此刻的静，我答应你的——
我与她陪你坐看，明天的星星

2

这温婉如玉的东平河啊
想必它要将你柔柔软软的绿
包裹，揽在怀中
哦，还有这湖，这住进天堂的湖
一定是人间的幸福

或鸟儿眼里的春

3

为你掏出千颗心，当作风筝放飞
为你抓一把东平河的波珠
撒在秋风里。太阳为你止步
转了方向靠近你，靠近你
波斯菊花海的涛声。似
十里长堤上的柳摇花笑
多少美女为你回身举步。无论
留影、赋词，还是调侃、嬉戏
只因你处处绰约多姿——
好一次天街闲游，闲庭漫步
莫急呀！这最后的停留
定是你最华丽的转身——
波斯菊花海的波心深处

4

走进你的岛中村——格村筒
仿佛步入徐志摩笔下的康桥
不！更像是踏上了鲁迅故乡
绍兴鲁镇的青石小巷

康桥、鲁镇我没去过
脚下的格村简就是我今秋的
鲁镇乌篷，杨柳康桥
它有康桥没有的榕树深情
它有鲁镇没有的岭南风光
那些在指间，砌进眉头的光影
古屋，石桥，渔舟，土神庙……
已被岁月打磨成了唐诗宋词
我站在石桥上不敢远望
生怕哪一缕声嚣，碰碎你
幽雅纯色的真迹底稿
它们像是我失散多年的私语
此刻，我宁可偷运自己
在她的影子里

2018－12－10

春天正向我们走来

夜的海，万帆驶来，闪着碧波、光艳
这潺潺的风，这凛冽的风
仿佛吹自海上。带着湿漉漉的
舞歌，各种鸟儿的呢喃

那欢乐，那溢满芬芳的欢乐，那
扇动羽翼的飞翔的欢乐，从
闪着波光的海岸上或沾满
春红的酒杯唇边，奔腾汹涌而来
一波一波地。扑打在历经
雪雨风霜的寒冬的脸额

这寒冬的丛林，这悸动的山岗，这
太阳休憩于万丈深邃的上空
“时光”在呐喊，大地在融化，溪涧
不再沉默。茫茫里宁穆的寥廓
在伸出春的纤指，以笋芽状的梦的
翅膀，掠过烟云的脆响

没有人不随之发出爱的呼吸
迈出轻盈的舞步，播撒甘美
而圣洁的花种……海风拂岸
吹向森林，吹向亭亭玉立的枝丫
这美的天！这真的天！这一夜
百花争艳的舞台，是霞光，是繁响
是冷艳与绿叶的交辉
是激情涌动的明媚土地

2018－12－29

梦游诗国

人间醉了。这大年夜，千家万户，大街小巷
都张着灯结着彩，到处是火树银花，爆竹阵阵
烟花灿烂。多么有诗意的人间啊
可惜我不是诗仙，那些大手笔的诗仙们
都去哪啦？莫非他们都上了天间，都赖在
天间不走？莫非天间比这人间更美

我醉了，醉成一朵飘云，晃着一路的梦影
晃进了一条通往天国的星河。像被一条
喘着粗气的鲨鱼载向深邃无底的天际
哦，这哪是星河？怎么没有璀璨的星光
哦，这也不是天国？哪像我神往的天堂
暴风雪在这里号啕大哭，这里到处是
寒流夜袭的孤野荒村……我俯瞰人间
一幅五光十色的屏幕，传出宇宙里最美妙的
音乐。这才知道，原来天间所有的明星
都降落了人间，所有的诗仙都回到了故国
原来人间才是我最神往的天堂

怎么办？我必须回到人间去，找到、拜访
那些我熟知崇拜的各国诗仙，向他们
讨教写诗的真谛，然后回到东方
回到祖国，回到故乡

寒流，暴风雪封堵了我的归途，我不得不
选择在北冰洋的上空降落，从西伯利亚北端
登陆，直向莫斯科，首访普希金
我请求他说服风暴里那个站在峭岩上的
少女做我的向导，带我到巴格达蒂
我要向马雅可夫斯基借条云穿过的裤子
带我到圣德堡，我要喝上勃洛克用他最后的
热情所酿制的美酒。最好能了却我与
莱蒙托夫做只草原飞鸦的心愿
然后我随她连夜飞往德国，倾听海涅
讲述关于冬天的童话；请求席勒赐予手套
学做幼稚的游戏，学发幽灵的声音
向歌德学唱五月之歌，试举秋日之杯

啊，德国的诗仙，就此别过！我要
赶到法国去，走进那间孤寒的古园，与
魏尔伦来一段感伤的对白
走进巴黎圣母殿，感受巴黎的忧郁
感受波德莱尔这个深受美国
爱伦·坡影响的老者的那分惊艳
分别时波德莱尔告诉我，在太阳这位

养育之父俯临的城市里，无须巴黎的
忧郁和香水瓶，只需做一个
快乐的死者

别了，多么可爱的诗仙，就此别过
我要动身去意大利。我要在加尔杜齐尚未
就寝之前向他道声“晚安”
在孟德雷的地下室，聊聊希特勒的春天
然后坐上威尼斯最后一班船，唱着爱尔兰
托马斯·穆尔先生的威尼斯船歌
驶向希腊爱琴海的海岸……接着飞越
一片浓密的梧桐林，在雏菊的打谷场上
拾起埃利提斯疯狂的石榴和英雄的挽歌
午夜即将来临，我坐上了埃利提斯赠送的
“圣母”帆轻舟，出了直布罗陀海峡
向北大西洋，向大不列颠岛，向丁尼生
海滩驶去

第一件事我去了伦敦康桥，拜会了
徐志摩、林徽因曾经的浪漫
随即我去了泰晤士河畔，聆听了雪莱
亲口吟诵的印度小夜曲和秋之葬歌
真幸运！我还捧回了拜伦的《唐璜》、济慈的
《希腊古瓷颂》、哈代的《最后一朵菊花》

曲长的海堤灯火哦，大海的粼粼波光

我只有掏出心来，与我分享这无尽的光芒
在这深沉的午夜哦，我看到了向我昂着头
挥着手的爱尔兰，向我施展斗牛技法的
西班牙，向我高举诺贝尔文学奖杯的瑞典
向我开放维也纳音乐专场的奥地利
向我诠释千岛与海冰之魂的芬兰、冰岛
向我跳着肚皮舞的印度，向我袒露最颀长
身材的智利，向我表演天才足球的阿根廷
向我高喊着民主自由的美国、加拿大

我想，我将很快见到托马斯·穆尔
摇着船从彼岸驶来；将很快见到在炉火旁
打盹、手捧白鸟诗集的叶芝
将很快见到马丁逊自牲口船寄出的信
将很快见到莱璃用邮马车载着的吉卜赛人
和里尔克从巴黎植物园带走的那只豹
将很快见到瑟德格朗左搂右抱的新娘
与现代处女；将很快见到手捧一枝
鲜花的斯坦纳尔和满心欢乐的彼得森
将很快见到泰戈尔第一次的茉莉花
将很快到聂鲁达的故乡四处走走，听他
诉说一些事情，吃他的番茄，穿他的衣服
将很快欣赏博尔赫斯的那只白鹿，那首
葡萄酒之歌——
一枝玫瑰从海上升起
那是杜立特尔唱给东方之子的恋歌

一支箭从天边穿向我的心窝，那是
爱伦·坡从尤拉路姆发给海伦的信笺
抑或是朗费罗夜吟的歌……

“喂，兄弟，你到家啦！酒醒没有？”
“这是哪啊？”我醒来，发现自己坐在
一辆私家车上，车主大哥眉慈目善
“这是荷城的河江桥，是你醉梦中的康桥！”
哎呀！我双手猛击着头下了车，大口大口地
呼吸着凌晨缕缕清新的江风
“兄弟，这大过年的，少喝点，命要紧。”
当我回过神来，那车已开出数米之外
“喂！大哥，还没给您钱啦！”

2019－02－15

三　月

三月，这淘气的姑娘
她有多惊艳！竟披着忍俊不禁的
风，戴着云纱雾罩的雨
在那边屋顶上起舞弄影
在眼前的天空上放一声惊雷
啊，多么鲜活的掌声
这一树一树傲然挺立的
嫩叶花苞

三月，这淘气的姑娘
她有多惊艳！她把太阳诱进
她的云纱雾罩
她把大地揽进她的爱巢
在她的亲吻下，太阳的双唇
变得像桃树的花瓣一样
大地的呼吸亦如
新燕般的呢喃

2019－03－07

一部诗集躺在 0 立方的手术台上

一部诗集躺在 0 立方的手术台上
被轮番举起的绝墨锋刃
以最狠的尺度
以最刁钻刻薄的视角
开皮剖肉，刮骨疗伤

这是关于苇强诗歌的甜蜜手术
会诊，打针，开腔，切割
缝合，消炎……一气呵成
此刻，一部浴火中重生的诗集
仿佛冉冉升起于佛山之巅
禅意渗透，佛光普照

命运如此相似！站在 0 立方的
高楼上，我多么希望
这部诗集能砸在我头上，飘进
我的心空。像芦苇摇拂的
远山溪流，像木棉花鲜活的

禅城三月，拔高我
灵魂的高度

2019-03-25

今夜剑已出鞘

一把从泸州老窖拔出的
醉剑，在汨罗江上
打捞一首悲怆
屈魂啊，漂浮了
两千多年的距离，今夜
我用五尺长的血脉丈量
用两寸宽的心田冷藏
我的剑啊，该出鞘啦

2019－04－29

将祖国母亲喊在十月前夕

啊祖国，母亲！我喊了您七十年
我以童稚迢遥的酣梦喊您
我以青春活泼不卑不亢的眼神喊您
我以沧桑哽咽的诗语喊您

并在这十月的前夕，发自内心地
大声呼喊：啊，祖国！我的母亲
一个染着您血、流着您血的婴儿
黄色的皮肤、黑色的眼睛头发
提着一根金黄色的烟斗
便呱呱地喊着您。像破壳而立的雏鸟
惊鸣在寂静的大山深处，迎着十月
闻讯而来的风、阳光与云
以闪亮的歌词打制喜宴牌，撰写
邀请函，急呼祖宗，速告先烈
让全部的血脉汇聚而来。像
永不止息的母亲河，载着秋日的号角
以她为荣，以她为傲，以她忍隐

之痛而诞生的崭新的生命

啊祖国，母亲！我喊了您七十年
在这光芒四射绽放东方荣耀之际
在这披着彩衣、迈着方阵、扬着旋律
飘满五星红旗的十月前夕
我端详、抚摸您厚实而生动的脸庞
奔走在被您抚爱下的田野与四海，
城市和乡土……然后无眠地端坐
于窗前，喜迎您永恒的晨曦
十月的日出

2019－9－29

10 月 27 日这天早晨

这天是周末，心有余悸
我在高明文昌路的 228 号等你——你的
派遣接送司机。还好！我早已认识
他，一个中肯的人儿
把我送到你约见我的地方——乐从
我在乐从遇见你，在聚丰大厦喜悦门酒楼
闻到你的气息以及你对我的欢喜
你高雅的住处令我沉醉，你素雅的服饰
令我对你神往心驰。你在高楼之外
吹着秋风，和我一样望穿秋水
我在梦中徜徉在你的神圣之门
累了就沉沉地睡去。直到遇见你
在喜悦门酒楼的禁闭室里
圣主啊！是你邀请他发出你的指令——
从今日起将我切割成六份，置于
冰箱：分别是四书五经，诸子百家
《世说新语》《西厢记》《牡丹亭》与《西游记》
汉字与汉语文化，以及西樵山上的

传统印记。我被一天一天地刻上
标签，被涂抹着密密麻麻的你的谆谆教诲
我的头在你的历史长廊里醍醐灌顶
我为你的深沉不由得欢呼拍掌
但是我的脚却踉踉跄跄地在长沙的
田趣园，被酒熏得找不到星光街市的
对门。而你却不离不弃地守着我
每一个酒醒的早晨

2019 - 10 - 29

久违的 325 国道

像是一支抽象的舞蹈
一路闪着时间之韵和线条之美
要不是来自北国风的威逼利诱
天空不会变得如此苍白素雅
说不定我会跳下车去
一一敲向那些熟知熟睡的人
捎去我的一声“早晨的问候”
那些色彩斑斓的大地的手或笑脸
早已在大道两旁迎接或欢送它们的游子
春光一样地涌进我的心头
撒播乡愁。此刻，我想起了
曾经的异乡那些熟悉而陌生的
乡音。时隔多年，我又从这里
走过。忽又想起那支往返在
佛山至乌龟山的晨昏曲，还有
叨咕在摩托车大佬身后的湖南
口音、溜达在时代广场的身影

2019 - 10 - 31

从乐从到西樵一路望

你是曾经的青涩一棵
却出落成今晨的
繁华一朵
我上看下看，你笑
我左看右看，你还是笑
你笑啊！笑疼了我的
那颗泛着酡红的眸子
不敢迎向你的视线

2019 - 11 - 01

离开西樵百西村头村

刚在你的世界里
我被你绽开了欠下于你
半个世纪的笑颜
约见，我来
别了，我走。你不卑
不亢地静待，在
你我之间我无怨无悔地折返
下一站，你还在吗
下一刻。摘你一片
古风犹存圣堂，走过你
身旁。梵音之外，晨钟暮鼓
何处是我安身的村庄？

2019－11－01

清明小记（组诗）

一把伞

它打开在诗集的扉页上
是诗人从心的根部伸出的手掌
或从未折叠的灵魂之冠
它随烟雨出行，找不到风行的方向
它捂着滴血的伤口，一路叩问
探头示意的光影——摇曳在
阴阳相隔处或天堂路口的
清明花，亭子或黑色蘑菇
这未能登临垂拜献给大地的
血脉流芳，这回荡在
江南烟雨中弥漫天街尽头的
一支绝唱

想起双母

一个是亲母，在四年前去世
一个是外母，在一年前撒手
每每想起，常与其隔空对话
恍惚间，已成习惯。如影随形
也常在梦中出现走出村口的情景——
每一次总是笑着话别
每一次又总是忍不住转身就哭
一前一后都是悄然而去
没能装下我给予的最后一笑
她们却给我装下两个永远
卸不下的伤口

倾听父亲说话

父亲越来越聋，就越想跟我说话
他说，母亲在那边说的每句话
他都能听见
他还说昨晚母亲托话给我——
不要因为今年清明没回去就难过
其实父亲想我了，想跟我说说话
他说，他每天和家里的一草一木

一山一水、一田一垄说话，过得很好
别为他担心！要开心生活，好好工作
用心培养女儿……我知道
我又哭了，眼泪总是止不住
我也知道，父亲大半辈子沉默，只顾
倾听我们说话，现在该到了
我倾听他说话的时候了

2020-04-04

春天已在路上，还有一弯新月

隆冬，春天出生时的一阵痛
时光恋人，守在其旁沉默——
依旧念着秋野上尚未啃完的篝火和拉长
声调打着瞌睡的蝉

每一次季节的接生，并非都出自
天公之手。比如落在西餐厅里的晚霞
就是冬日邀月迎春的一缸女儿红
被中式的炉火烤着，煮着……
它宴请大地上的一切孕物，尤其不拒绝
向暖而行、奔袭而来的寒风

至于歌于途的行者，被道旁树感动着——
拍出噼里啪啦的掌声，绽开
红彤彤的两张笑脸……他看到
春天已在路上，还有一弯新月

2020－04－08

我替屈原吃下五个粽子

我先吃下两个粽子：
一个是楚国
一个是中华人民共和国

我再吃下三个粽子
一个是引吭高歌的珠穆朗玛
一个是咆哮成“几”的河
一个是奔腾如龙的江

祖国已在我心中——
屈原啊，我体内跳动的
条条都是您的血脉

2020－06－26

一棵花树翻墙而过

总以为，只有蜡梅花才会
在冬天翻墙而过

那年冬天。我翻过湘粤边界的
那堵墙，成了一棵花树
从此，一路花落，一路花开
一路翻来——从乐昌、韶关
翻到了佛山

好多年过去了。我习惯了
在冬天，躲在我的落脚地——
高明荷城某个角落里，守望着
一群花树从头顶上翻墙而过

2020－08－28

裹在春夜的书房

香格里花园 5 座 3 梯第 13 层楼
东面的那间书房，亮着白与橘红的光
它是我放飞在夜空里的灯笼
裹在里面的那个人是我的另一个我
他正躺在白光与橘光交织的
藤椅上打盹

风，这八面的风，这夹着世俗的
天风，这暗香、泛凉、饮歌的
春夜之浪。一阵一阵地侵袭
我的天空，一层一层地滴落这
来自人间四月的心事

一条暗红长方状的海台面浮现——
在那卷着绿意又漂着橘红的夜空之上
他孤独如樵夫，静若磐石。任凭

耳畔那翻涌的海潮，那身下
肆虐如蚊的浪花雨朵

2021 - 04 - 18

写首小诗献给您

祖国，我是丰收在您
金秋十月里的五十六朵禾穗
吸吮着您的乳汁，长大成
龙的传人

祖国，我是火红在您
黑色眼睛里黄色皮肤上的木棉
流淌着您的基因，书写着
英雄的传奇

祖国，我是翱翔在您
自由蓝天里的十四亿只白鸽
衔着和平的橄榄叶，唱响
东方的歌

祖国啊，祖国！
您是我日夜眷念的母亲
在这金秋十月里，在您 72 周年

华诞上，我写首小诗献给您——
一颗爱着你的真心

2021－09－24

中秋之月

父亲鼓励我坐上南下的火车
希望我能踏上他曾当兵行营的地方
快三十年了。佛山之巅悬挂着
一轮皓月。让我的乡愁寸寸滋长
像母亲洁白圆实的脸庞
清晰地挂在老屋门前的瓜苗架上
一群孩子捧起牛马状的月饼
甜滋滋地拜着月光

当我和妻子，在栖息地的某个角落里
安了家，有了女儿。每逢
中秋之夜，月亮就会斜照在我
幽居的阳台上。咀着石螺，咀出的是
辣香。望着月，望见的却是
蘸满乡愁的心伤——这是我失散了
母亲多年后的月亮！怎么看，她都像
一只决了口枯了泪的眼眶，一直
保持微笑而回望我的模样

香格里花园5座屋顶上的这轮皓月啊
此刻，照在天边，照着我，照着
逗留在不远处的二哥，照着
远在湘南的老父亲，好兄弟，还有
南昌的乖女儿

她的光丰盈而朦胧，炽热而慈祥
就像鉴定全家福多年以后的
一张相框

2021-09-25

第三辑

半缘修道半缘君

为何我总是低着头

为何我总是低着头
因为我的心很沉
我的泪水很重
山直指天空
树朝向天空
花草向着天空
云烟飘向天空
鸟儿飞向天空
只有天水和泪水从空中洒落大地
雨从眼前直落
雪从眼前飘落
冰雹从眼前飞落
山泉从眼前流向山谷
即便那如水的光阴
也要从白天流失在暗夜里

为何我总是低着头
因为我的脚步很沉

我的思想很重
看着那些堕落于地平线上的光影
我只有俯视的目光
和牵连不断的泪水
我厌恶那些目空一切而一股劲地
向上冲杀的人群：
脚踩着尸首
手还沾着鲜血
心早已变成了黑色

我又何尝不向往天空
连同所有的目光、思维和神经
然而我的骨子里
流淌的是下层世界里的血液
我的心总是牵挂着
一切沦落的灵魂

2009－07－11

感悟生命

落叶以枯黄告别树木
却不忘以归根回报给予它生命的土地
石子以铺路石的角色演绎在人们的视野与脚下
却始终保留着泥沙的本色与味道
中弹的鸟儿应声坠落于天空
却常以喑哑、泪眼、翘首的方式
回眸着生它养它的那片郁郁葱葱的巢林
向日葵熊熊燃烧在太阳升起的地方
却以黑色的芳香昭示着光明的真谛
芦苇、蒲公英和柳树显然是河畔最柔弱的女子
却总是以纯白的繁衍倒映在静静流淌的河里
白云悠悠飘荡着如此美丽潇洒，楚楚动人
却从未离开过守护着它的那片蓝天
那片高山之巅。

起风了，别怕！不管是

炎热的夏风还是凛冽的寒风，抑或是
你将准备着迎接一种崭新生命格局的开始
下雨了，你勿虑没有雨伞、雨衣甚至
无处可躲，那也许就是洗刷你心灵污垢
除却你内心燥热的最佳时机

鲜花绽放，它在笑迎春天
种子发芽，它在酝酿生命的希望
嫩草破土而出，它在展示新生的力量
即将老去的就让它老去吧
只要生命还在繁衍，还在继续
只要活着的或是新生着的生命里
还继承着老去的操守与意志，还铭刻着
老去的所有遗言、遗容、真爱或是悔意

相信总有一天，我们真的长大了
我们真的都穿越过茫茫的沙漠
都攀缘过高耸云天的山峰
都强渡过深不可测的激流
或者我们最终也成了行将就木的老人
也亲身经历过“一切老去的呼吸停止呼吸”的
那分感动。也许这一刻，我们就真的
拥有了属于我们自己的人生意义——

馈赠真爱、坚持操守，并勇敢地
践行这种独特而永恒的生命昭示

2012 - 10 - 12

别拒绝有缘人的邀请

每个人都有属于自己的领地
有缘人即便相隔千里也会登门
无缘人即便近在咫尺也不会涉足于你

朋友，别拒绝有缘人的邀请——
邀请你一同前往他守望已久的天地
你跟着他 ，他领着你。彼此不问出处
彼此心照不宣也心领神会
他知道，他喜欢的你一定喜欢
你珍惜的他一定珍惜

他说——咱们不下凡尘喧嚣
咱们要上天堂月宫。那里有湖，叫月亮湖
那里有湾，叫南海湾。湖岸杨柳垂拂
海湾扁舟望月

那夜。五个有缘人围坐在一起
听琴声——嫦娥衣袂飘飘

喝西风——李白出走长安
尝粉葛——高明坐爱香山红叶
品雪莲茶——来客立马昆仑巅
是谁醉了这夜？是仙雅的湖光水色
还是勾魂的奇思妙想
哎呀呀，西山早已月落，竟忘了
身后的尘世

2015－10－04

白天和夜晚

我熄灭天灯，响亮亮地登场
你点燃天灯，静悄悄地步入舞台的中央
我是白天，你是夜晚
我们彼此默契，轮番上演在
神奇美丽的人间天堂

你以暗蓝的深情拥抱我的苍凉
我以粉红的娇羞抚摸你的忧伤
我是你的白天，你是我的夜晚
我们默默无语、相互闯进彼此的心房

明眸皓齿的月亮啊！那是我点向你的心窗
乌云，狂风，骤雨啊！那是你谱向我的诗行
谁说白天不懂夜的黑？谁说夜晚不懂昼的白
那滴滴烁烁的星光就是我疼惜你的泪光
那雷鸣那闪电，就是你诉说于我的炽热衷肠

我是你的白天，你是我的夜晚
你我相依相守在大爱无疆的行进路上
矢志不渝，亘古不变，万代流芳

2016 - 12 - 10

走进监狱的候听室

刚走进监狱，候听室的门
便把我关上。身后的寒冬也随即
被锁在了无边的暗夜里

我抬头仰望。四盏方状的
白日灯，正镶嵌在四片如同
白昼的天花板上，一直通向九天

我恍惚起来。感觉自己不是
走进监狱，而是走在通往
天堂的路上

2016－12－28

回到圣堂

我离开圣母的子宫已达四十七万年
在遥望天山雪莲五千年的岁月里
我无时无刻不在想，我能否再次回到那个
生我养我的圣堂；能否再次看到我
魂牵梦绕的圣母凤凰树、亚母梧桐树
能否再次看到我朝思暮想的好妹子——
乌鸦和白鹭

曾经的遗嘱还在脑海晃动，曾经的伤痛
还在心底疯长。今天，我回来了
以恐龙的虔诚向你跪拜，以盘飞的舞姿
向你奔来，以白云的手势向你挥手
以雪山的云彩打量你的容颜
美丽的圣堂鹭湖啊，你还记得我吗
我是凤凰

今天，我带着天山上的雪莲回来
带着塔里木的无花果、吐鲁番的哈密瓜回来

带着塔克拉玛干沙漠的海市蜃楼回来
带着西北的丝绸之路和西域迷城回来
带着昆仑山下的雪泉、黄河的壶口瀑布回来
带着西双版纳的花海、洱海的蝴蝶泉回来
顺便还带上了西伯利亚的黑熊、英国的康桥
法国的圣母院、安纳西小镇、葡萄酒……

我知道，这些礼物远没有西江上的渔舟唱晚
那样优美动听；远没有沧江河上的古村落
那样赏心悦目；远没有长江上的纤夫、棒棒哥
那样强健刚烈；远没有凤凰树、梧桐树那样
神秘传奇；远没有凤凰酒、梧桐酒
桂花酒、杏花酒、茅台酒、五粮液、泸州老窖
西凤酒、汾酒、二锅头、诸葛亮、孔府家酒、皖酒
小糊涂仙、竹叶青、四特酒、毛铺、郴江酒
青梅酒、老土炮、入禾家……那样可口醇香——
这可是我献给圣堂之母的
一把心酸、两行泪、三沓月光

2016－12－31

在雾霾里活成鸟

我不懂鸟语
却知道鸟儿为何歌唱
鸟儿不懂花语
却知道花儿为何芬芳
花儿不懂树语
却知道树儿为何绿得发亮

在雾霾里活成鸟
连小溪也在向它吐露感伤
连山路也在抚慰它的心伤

鸟儿在为谁疗伤
谁又在为鸟儿疗伤

2017－01－06

三条烟枪和一个烟木桶

三条烟枪和一个烟木桶，竟衍生出三种人生境界：
不去想，不愿想，只顾瞎谈，是人生的第一境界
不断想，想得到，只想不做，是人生的第二境界
不断想，想得到，想到就做，是人生的第三境界

——题记

三条烟枪围着一个烟木桶
高谈阔论，喋喋不休
这烟木桶啊，真受罪
说是烟盅，其实就是个
连垃圾都不如的可怜虫
天天没水喝，天天都吃些
烟灰、烟头、痰、口水、鼻涕
废纸等乱七八糟的东西

正当三条烟枪唇枪舌剑
唾沫横飞之际——
木桶冒烟了，越冒越大

浓烟滚滚，呛人至极

一条烟枪见此不理不睬
继续云里雾里，呱唧呱唧
一条烟枪情急之下唠叨道：
要是有水就好，必能一浇除之
一条烟枪二话不说：提桶而去
浇之倒之洗之，提水而返

2017－01－07

酒醉的结局

我不知道
是肉体出卖了我的酒醉
还是醉酒出卖了我的肉体
我养肥了一床蚊子
一床蚊子却养肥了妻

我发现
我的头悬挂在奈何桥顶
我的四肢漂浮在忘川河里
而蚊子，全部血染纱场
横尸在妻子的手心

2017－03－01

三月十八日

雨，下了一整天
雨滴答滴答地敲
风呜啦呜啦地叫
敲在地的心坎
叫在天的耳边

天与地，一定有太多的话要讲
有太多的情要诉
有太多的泪要流
就像一对日久生情的冤家
追打在路上，撕扯在桥端
哭闹在河畔，纠缠在山巅
拥抱在屋檐

雨是凉的，手是凉的
话是凉的，泪是凉的
心却是天地热心
雨非雨，手非手

话非话，泪非泪
情却是人间真情

2017－03－18

累了，就躺下休息

累了，就躺下休息
等醒来看看天
看看伸向远山的路
山长水阔——
人可要勇敢地走在路上
因为好多人都在
等着美丽的你
或想把美丽献给你
盼你一路同行

2017－05－08

缘来缘去

有条河，流淌了五千年的姻缘
那是炎黄子孙血脉相连的藤蔓
藤蔓上长有许多果——
有两颗一定是你和我

如果我能看见你，你也能看见我
希望彼此不要错过：做兄妹也好
做朋友也罢；如果你爱我
就让我坠入你的爱河
人世间有太多缘来的喜悦
也有太多缘去的悲哀
也许，人这一辈子——
过眼的都是云烟，都是过客
与其抱怨，不如一切随缘
就像我们曾缘于父母，缘于父母
用生命呵护下的家园；曾缘于
老师，缘于老师用灵魂坚守下的校园

曾缘于兄弟，缘于兄弟用结义
捍卫的桃园……

这些你信不信，亲情就在那里
这些你想不想，师生情就在那里
这些你愿不愿，兄弟情就在那里
这些你要不要，友情就在那里
这些你爱不爱，爱情就在那里

春天缘于夏天，将鲜花与绿叶献给夏天
秋天缘于冬天，将果实与落叶留给冬天
当我们从夏天走向秋天——
在秋天里，我们会看到春天的背影
当我们转身追向春天——
你会发现我们正赶在冬天的路上

人生有太多的擦肩而过
人生有太多缘来缘去的遗憾
我想，人这一生，就是
不断跟人结缘又不断跟人别缘
直至在我们终归土地的时候
不带走一片尘缘
有一点我们得牢记——

无论我们是活着还是死去
都无法同祖国别缘、割缘
因为祖国是我们安魂的土地

2017 - 05 - 03

你是一片清明天

我躺着清明的藤椅，闭上
心扉。天井似的天空
有芳菲与阳光的交会

恬静在黄昏里的青翠
是点缀我心灵的最美
点缀一缕轻烟，沉静我的沉静
睁眼。风过古朴的黄昏
挑亮我的眉檐——
檐上有青鸟的鸣啼
让我随你飞向清明的天际
在水天一色栖息你的浪漫
栖息我的心归

你是一片清明天
因为我与你的邂逅
从此我不再有阴霾

2018－04－08

我的右眼长出了坟墓

我的右眼长出了坟墓
那是埋葬我左眼的

等左眼长出了坟墓
我想，那该是我
半条生命的去处吧

2018－05－27

打开春天叶红的书扉

遇见你，是我最美的缘分
种下你，是我生命的唯一
像打开叶红的书扉，遇见春的气息
像一对孤寂的风雨
来一场轰烈的婚礼

你就这样被种在我的心窝里
心岸是你着床的山坡
心底有流经你的小河
左眼盼着你粉红的春
右眼想着你甜蜜的秋果

世间有太多太多的阴阳交错
你转瞬即逝的背影
撕裂了我一路走来的蹉跎
如一片忧郁的梦，在雨中抖索
如一首冰冷的歌，在风里飘落

重逢。重逢在尴尬的角落
互放的凝望，再次激活
爱我的你和爱你的我

长眠于冬的爱种哦
开始发芽。一颗一颗地明媚
春寒的骨髓、料峭的发梢
并以叶绿花红的耳朵
静听夏的心跳

2018-06-08

初　恋

摘一朵雪莲去天山
转到拉萨轻抚一片蓝天
大漠上的驼铃，悠扬在黄昏里
喝一口青海湖，寄宿到天明

羊群徜徉在辽阔的草原上
江南的雨巷敲着油纸伞的悠长
雅鲁藏布江升起了紫烟
庐山的瀑布直向天边

像海市蜃楼上的笙箫
又像天堂仙境的云朵
似梦非梦的
仿佛不食人间的烟火

2018－06－09

爱 情

一条小道羊肠
在人间与天堂之间，不着边际地
伸向远方

你从天堂走来
我爱你走过的坑洼泥泞、鸟语花香
我从人间走去
你爱我穿过的成荫绿树、炙热阳光

你在秋天凝望
我爱你的高洁风霜、冷若冰霜
我在冬天彷徨
你爱我冷峻的脸庞，闪亮的目光

你赶往人间，我去往天堂
我们正走在
人间天堂的路上

2018－06－09

婚　姻

迷途的牛羊，一哞一咩
被人抬进了村庄
受伤的燕雀，一呢一喃
感动了小巷的屋檐
随缘的鸡狗，一啼一吠
成天打闹，不离不弃
孤寂的风雨，喧腾在同一片
天空下，如影随形

饱尝跋涉之苦的脚，就近找鞋
穿上就跑，继续赶路
左手与右手，干柴与烈火
碰撞在灶里，燃起
人间的烟火

淘米煮饭，炒肉做菜
撒上酱醋油盐

听着诗与远方的歌
也能活成人间的烟火

2018-06-10

我是一条离开水的鱼

我是一条离开水的鱼
死去只是迟早的事
一场大雨，却将我冲向小溪

我是一只受伤的孤雁
在没有方向地飞行
既然前行或折回不可能
何不择木栖息，等待新的征程

我是一个掉队的探险者
迷失在沙漠里
前方是末日的黄昏
一串驼铃，终将我引向灿烂的黎明

人生就是这样
有太多太多的绝境
也有太多太多的绝处逢生

左是冬，右是春
在冰天雪地里微笑
我依然美丽

2018 - 07 - 02

风　筝

森林，是鸟儿的落脚或归宿
更是鸟儿飞向蓝天的家园
溪水流向江河，江河奔向大海
源头是它们生生不息的源泉
雨儿从天而降，化作溪流
没有天上的云儿，没有风，没有
雷鸣电闪，它们怎能
如此逍遥自在

世间万物离不开这宇宙天间
离不开这大自然
鬼斧神工的变幻

人类又何尝不是父母手中的
风筝，是父母眼中的守盼
无论我们飞多高飞多远

父母百年之后

坟墓的上空依旧飘着子孙
放飞的风筝。那根线
依旧在地下紧牵

2018－07－30

新房子和旧房子

爱？不爱？厌旧？喜新？
一场梦折的疼痛
是灵魂隐忍的疼
是岁月之银碎敲的痛
神经扭曲，肌肉抽搐，比
远涉异乡还要无奈的掏空

掏空思维的灵光
留一具躯壳的心慌
怅然若失的记忆，空虚在
这昂贵的天宇之隧
还有什么比尘嚣凡音
能伴我酣睡

哎哟哟，这可怜的初夜
这可怜的一粒
难以入眠的消瘦

2018－07－31

每个人都有一棵花树

每个人都有一棵花树
在心灵深处
每个人的花树都不同
自己摸不着，别人看不到

这是一棵特别的花树
它扎根于心底
守望着肉野骨山
它枝繁叶茂，片片情感
婆娑在血河与心海之间
它的灵魂常游在梦中
游向宇宙人寰
有时，它如波如涛如云彩
有时，它如风如雨如雷电
有时，它如日如月如晴天

每个人都有一棵花树
长在心灵深处

而我的花树却长在
我心灵的死角
何时花开？为谁而开
我不清楚也不知道
别人又怎能看得到摸得着

2018－08－02

两根白发

1

邂逅，在九月的秋
一片樟叶与一棵芒果树
对峙成一缕消瘦
含笑，更珍贵的是你
在盛夏的猛然回首

2

漫长的青春，隐藏青涩的
甜蜜。痴迷的世界让你
过早陷入尘世的烦忧
彷徨而犹豫。幽深处
一条小路引你继续往前走

3

浪漫始终在心间生根发芽
抹去累累伤痕，找个心仪的伴侣
也要把日子勇敢地活下去
暂且忘却初恋，让每一个盛夏
在泪光如月的夜晚洗刷

4

初恋，早已深入骨髓
像滋生的藤蔓爬上月儿的脸颊
守着一缕清辉，不为宇宙
只为桂花树下那把痴情的斧头

5

雨静寂无声，落在曾经邂逅的
角落。伤心附体，没有伤心
重逢的喜悦牵连两根白发
就像刚入沸水的两片茶
香人，香梦，香深秋

6

日子虽涩，噙出两眶热泪
未来的岁月在两片嘴唇间
品出音节的旋律
你数我就数，我数你也数
从两根白发数到
两具尸首

2018－08－03

在甲壳虫的国度里

仿佛听到了你的叫声
我亲爱的白鸟。在你的
世界里，一只英武的甲壳虫
就能当上绿色之邦的国君
那些娉婷柔媚的豆苗叶
便能成为三宫六院的厨娘

为何要制成三套篓子状的厨服？
红色，绿色，白色
那么巧？像我梦回的故园——
一盘辣椒，一碗豆苗汤
一只老土炮

现实是真实的坟墓，真实是
梦想的天堂。在甲壳虫的
国度里行走——
真想没有回到现实的尽头

只求身心交融

梦想与真实的合奏

2018－08－10

乡愁十月

鸽子飞向蓝天，从晴朗的早晨
发出十月的和平之声
这是从梦境逸出的黎明，是
从大地埋葬贫困时打捞
出来的金银

沉睡，喧腾，而又归于宁静
一座通向城市的村子，如今
开辟一条城市向往村子的月色
小径。稻穗的香，天风的
蓝，溪流的歌……摇曳着游子
金色灼人的乡愁

城市长在村子里，村子
长在城市里。村子的黄昏
已是城市的晨曦

2018 - 10 - 05

咏　月

一把弯刀，逢山开路
风餐露宿，从脚下的故土走到
城市的高楼。托起一轮圆月
需要装载多少的光阴

这是一条布满荆棘的小径
回首与昂首的拉线，将遥远的
起点和终点弯曲成弧
重合成梦

脚印，在视线里模糊
记忆，抒写深沉而清晰的文字
心潮澎湃！双眼逸出两轮湖水
是日辉下的月影，抑或是
月影上的日辉？

蓦然回首

故乡已是异乡，异乡已是故乡

2018 - 10 - 06

龙瑶堂上的云朵

披着白衣褂的秋，在龙瑶堂上
摇曳生姿。午后，立在那儿
尽情遥看缀满银河的云朵
它有深邃的秋水，凹凸的波光
在太阳的背脊上依偎着

它迎着东坡的风，打着哑语
露出金色的脸蛋、浑圆含羞的胳膊
在它的脚边。一支扫把
在欢快地舞蹈

它是风中鸟。突如其来的转向
定然是千百度的蓦然回首
你看——它正在龙瑶堂主
熏香的地毯上落脚

浅浅地低头又淡淡地抬头
没有虎啸龙吟，只有旋着

惠风的雨絮飞花，银针羊毛

云朵，我的初恋——
请别在鸟儿头顶上的地中海
留下骆驼脚下的撒哈拉沙漠
今夜，你也别把那轮冷月私藏
不然，鸟儿只能绕道火球
飞向天宫，以求佛祖慰藉——
从此不再与你纠结

2018－11－02

冬夜叼着一枚秋意

夕阳。挑着一担香草落山了
黄昏。拖着乌色的长裙，悄然落幕
夜下。云烟弥漫无边——
将道旁树的残绿、黄瓮山上
清脆而来的鸟鸣……通通
撰成信笺，打包邮寄

此刻。谁的嘴角扬起
叼着一枚秋意。一口一口地
吸，一缕一缕地
呼出

2018－11－08

赴会的前夜

墙上的分针与秒针。嘀嗒
嘀嗒地，变换着亲密的节奏
天湮没于睡眠之中
丛林摇晃一宿。像头
出征的黑牛

我睁开眼睛，扬起触须
伸向林堂黄绿色的额头——
上面有迎面而来的山风

鸟儿驱赶黑牛，奔向田野
天，还是天。只是多了
一行失声的音符

2018－12－26

醉　夜

这美丽的风，吹自甜蜜的
酒宴。这四面八方的
云客，纯纯地来
色色地飘远
我不是风，不是云客，是
晃在火树银花里的
一片醉叶
闭了眼，天就亮了
满城的芬芳，馥郁了
远方的山冈

2019－01－24

兰州牛肉面

跟它打了好几回交道
纯属无奈！我喜欢不上它
不是因为泡在它沃土里的
麦椒气、羊牛味，而是
它靠着满身的匪气，成了
这一带唯一的山大王
我偏又绕不开它的天时地利
它的人多势众。今天它竟然
将我的女儿也威迫在列
女儿说，为赶往目的地
将就将就吧。我不知道，是被
它再次挟持，还是被女儿绑架
女儿倒是与它有缘。何故?
看来我要去趟兰州
或者先跟这个山大王
交交心

2019－01－28

思念或歌

你空荡的心房，长出
两条黑色的酷麦——
黑夜与白昼对白
天空与河流对望
渐渐地，夜的眼飘出两片
白色的羽毛。像天边的
河流掠过那朵
微颤的泪光

2019－02－07

大年夜

该搬走的，都搬走了
该留下的，也没落下
那些搬不走的流金、年味
却在这刷新的大房子里
轻盈跃动。像曲折在
通往世纪星的路上
无数的天街，银河
挂满夕阳噙着醉意的嘴角
火苗一般
欢愉而飞舞的歌声

2019－02－10

光　阴

牌匾，坐南朝北。在
坐北朝南的房间，与东面的
窗帘一起，开合着无数
光影的瞬息，排成
喜怒哀乐的队列

白底黄边暗红木框，托起
两个硕大的黑色字体
像挂钟的摇摆，被惑于昼夜的
变幻，忽左忽右
时明时暗

它常被主人编成花样的梦
诗意的眼。虽有暂留的片段
但敲打人心的脉动
却是永恒

虚与实，动与静，近与远

花与果，大海与海岸
全在舍与得之间

2019－02－14

音　乐

它用最美的词句燃起爱的火焰
它以空绝的浪漫闪烁节日的色彩
就它一个与我尽情倾谈
当窗外花好月圆
当爱情鸟枯瘦我的双眼
它却能解风情冷暖，而
换羽移宫，跌宕起伏——
似高山流水巍巍洋洋
又似惊鸿一瞥，大漠如雪

2019－02－14

女　人

女人从另一个女人的口中吐出
怎么也走不出另一个女人的眼睛
无论是隔山相望的溪水
还是随谷同行的河流
前世今生乃至后世，都绕不开
寥廓的天空与沉默的大地
海，就在那里；山，就在周围
山的身后，是海
海的身后，是山
女人和男人，谁天谁地？
母亲和父亲，谁海谁山？

2019－03－09

错爱只待轮回

一坛没发酵的酒，碰上一棵
没开春的花树。彼此
都活成诗的节奏
怎堪风雨？向西，朝东
谁在为谁守候？

二十四年的别后
忽然想起，曾经那些
没有缘分的重逢或者没有
结局的回眸
谁又在为谁祝福？
淡忘！想起。想起！淡忘
一块向晚的沙洲，或是
一座向阳的坟冢
在四季的轮回中，是否长有
一棵开春的花树？树下有
一坛发酵的酒？

2019－03－12

金鱼池

一扇窗，旋转 90°平放
被一块薄薄的玻璃
分隔成两个垂叠的世界
一个在窗里
一个在窗外

它们何等相似，却不尽
相似！窗外是金鱼
窗内是主人

金鱼上下左右都是海
主人俯仰平视之间
是地是海也是天

2019－04－03

拿什么救赎迷途的剑魂

像流浪的地球，由它去
出鞘的剑魂，醉入明星灼灼的
十字街头。斗转星移，日月轮回
哪里是安身之处

止步？对！止步歇歇。在静如
星空的汨罗江上，接过屈原的
一杯酒，淬向我迷途的剑魂
不妨铸一叶舟，渡至江心，划出
美妙动听的晨曦

或在酣睡如梦的远山，接过
父亲的一杯酒，听父亲讲述他
从军务农的故事，以他不变的
军魂与农民的本色，在这异乡
肥沃的田野间撒播春天，抒写
苍生与土地的深情

世间有太多的流水
溅起波浪，散乱无力；世间又有
太多的深潭，心如止水
沉静空明。我拿什么
救赎我的剑魂

唯有追溯源头或归入大海
做一杯止水，将其淬醒
继续随魂，践行屈原的诗心
继续听父亲的故事
铸魂为犁，无怨无悔

2019-05-02

多美的早晨

一个被蝉噪和工地包围的
早晨，即将进行一场
英语听试。把门窗关紧
让耳朵静听 20 分钟
然后打开所有的门窗，交给
孩子的眼睛与心

校园工地的轰鸣，停了又鸣
窗外的蝉噪，经久不息
孩子，别吞下闷怨
何不试着做林中的一棵树
一粒石子或工地上的
建筑工人

渐渐地，心如止水，孕育
翻新的早晨，被林间与工地
筑成的希冀

2019－06－01

平　衡

女主人右手戴上银色的
钻石戒指，觉得不对头，便给
左手戴上银色的手环

可后来啊，当她看着右手时
觉得对不起自己的左手
当她看着左手时，觉得委屈了
自己的右手

她把戒指和手环昼夜互换
一次。从此她的心里美滋滋的
不再烦恼

2019 – 08 – 25

木棉花

你是从胸口飞出的弹孔
燃烧起鲜红的颂歌与悼词
空气里。飘着你的芬芳——
阳光推着季节的呼吸，从你的
身边过来……像你一路的
英雄队列一样，赶赴
一场盛大的葬礼

2020－03－21

最初的亦是最着迷的

最初的冲动，是跨过省界来广东读书
比孩提时挥拳暴打臭男儿还带劲
最初的喜悦，是许身卖给教书先生
比高考中榜时还要疯狂
对于母亲河的记忆，已全把它注入了血脉
从未提起，却全交与梦提起
那些深交死去的或熟知的可以大呼小叫其
兄弟姐妹，说真的，“偶然的灵光一现
便把你带入忘乎将来的过去。”
说到异乡，比如高明，与之纠结的过往
就像一对老夫妻的婚姻，从昨夜的床头
唠叨至翌日醒来的床尾见惯不怪
而最回味着迷的却是与之的初恋，与之
开始的新恋情。就像古椰贝丘和西江新城
这样的考古探险片或科幻纪录片
要不是有人提醒——真的还忘了母亲河上的
明星桥，佛山里的祖庙，乌龟丘间的
学堂，墟竹村前的繁华街……还有

老荷城旧楼阳台上摆放的那盆太阳花
如今，西江新城与古椰贝丘合撰的一部
诗集，正打开在耳畔，日夜被西江吟诵——
犹如过往的人们当年吟诵区大相的诗一样
而新荷城旧楼上遗留的那部最初的诗集
该不会被夜行者偷去了吧

2020 - 04 - 07

欠睡者

在母亲欠睡十个月的温床上
我一直在安稳地睡
在我安稳了十年的童床上
母亲却将一个个哈欠打成包裹
邮寄到了我今生的异乡
为偿还母亲为我欠下的睡债
我几乎用了二十多年乘以
每年三百六十五个夜晚熬出的文字
打包成书信邮寄到了母亲前世的故乡
我多么希望母亲重新来过
像婴儿那样酣睡
像我儿时那样安睡
像我女儿那样梦想着自己永远
飞翔在十八岁的天空里
我已常年没做过梦。因为我
没有时间做梦。我将躺下去的
仅有时间都在偿还欠睡
尤其在今夜这个空无一物

而百无聊赖的禁闭室里
我疯长的白发，在汲取它的氧气
与我的血液，在直挺挺地
复活起来

2020－04－27

请锁住夜的尾巴

把窗帘拉上，将夜的尾巴锁住
只露出点点浅浅的晨光

让脑海沐浴一场暴雨——你会看到
海岸上的发枝眉梢，缀满雨花
身下披着两块雨衣的大地
闪着银色的露珠或溪水

然后点上一支烟火，随手
抓住一片黑色的思维
弄成扁舟
或坐或立随你
此刻，那些于你扑面而来的光影
便有了欢快的脚步，美妙的
歌声、充满诗性的舞蹈……

可别急！一切都会在自然中
被锁定的闹钟叫醒

2020－06－07

一个人的对称点是多是少

自然界的那些东西，哪个不是
伪命题？只有轮回才是真的。包括
生与死、冷与暖……

热带。生命之树常青在昼夜间
它没有冬季。它只有一个宿命——
头顶着一片夏天。而脚下的土地
不仅昼夜在日复一日地交替
四季也总在年复一年地循环

所有人，在这里，都套着
两条轴线和无数个对称点——以经线
为轴，让你领略昼夜的更替
以赤道为轴，让你享受四季的轮回
一个人的对称点是多是少，常与
他的生命里程有关

太阳每天都是新的，你的生命

每天也会是新的。别在冬的尽头哭泣
永远向着太阳走吧！它会带你
走出冬季，走进春天……

2020 – 08 – 28

所有走远的诗歌都会折回

缘于某种铁定的碰撞之花
被时光的弹弓之箭闪击而逝
回想。一场多么熟悉的秋后之雨
将你拉近它时隐时现的影子
而它的灵魂早已在失忆碎词的
身子后闪过又消失

所有的思维或神经都停止了运作
只剩一秋迷雾般的空茫……
然而在你敲响它身份之前
请返回原路，或往返于原路等待
时间会给你请来一位导师
空间会拉开一道出口——
所有被迫走远的诗歌都会折回
留下来，像来年再开的花树

2020 - 10 - 17

仰望天空

一本水墨写意的书籍，没有编号
也没有道姓点名的作者。页页攥着
大地的心跳。文字模糊，浮出封面的
独奏——黑与白，红与蓝，飘与落
聚与散……在无规则地变幻

笔下这些熟知的词汇，被重组后
构设成悬疑跌宕的情节、棋局、留白
真正的主角是恭候千古的平凡群像
而导演的高明之处，在于随意摆布
其制造某种喜庆或悲情的悬念——
那些疾驰的声，翻动的光，溅起了
它内心的深邃与辽阔

大地的读者，只有等待
等待一轮复活的孤独，从空隧里
喷薄而出……拯救一切残留的记忆或
遗忘的脚步。然后哀悼，祈祷

这曾经迷失在过往路上的黑白调
重返故园，了却平凡群像者隆重的
心事。像一片碧海，漂出轻盈——
在群星的夜空下好好活着

2020－12－03

飘落成灰的骨朵

时光的缝隙间。总会闪过
一条溪流，闪着它的
光艳。声音却已沉默
太多的风景已被遗忘——
在紧锁的记忆闸门前
那些留下的所谓影像、音符或文字
犹如飘落成灰的骨朵
长在你几近痴呆的土壤上
在别人不经意间。你的一切
乃至你的死亡——
被瞅见，被拾掇，被写成
关于你的悼词

2021－01－06

一根白发的救赎

减去杂草，有扩大丰收的可能
还要看杂草疯长的速度
减去烦忧，有获得解脱的可信度
还要看烦忧的变量大不大

如何将生命的余数增大
这不仅是一个数学命题，也是
一个哲学命题。譬如除法
看似每个人的白昼是相等的
夜晚也是相等的。你拔出
一根白发，移植在太阳穴的穴门
之上。夜的黑，你忘了也缩小了
而且似乎你的白昼延长了
也增大了。然后你再用这白昼除以
这夜的黑，所得数自然是增大了

可事实上，你生命的余数和除数
却减少了。因为人不是

数学家，而是哲学家。你拿一根
白发或者一头白发去救赎生命
往往是得不偿失的。人毕竟
是人！不是拿他来当减法
或除法的。记住！

2021－04－01

穿越梦境的声声叹

主席台上空无一人。台下
所有的人都在等待那位神秘的讲师——
喧哗的声浪，攒动起伏的人头、身影……
将我打成一块深陷波谷的巨礁
旋即又被浮起，浮起一节一节高大
无比的背影。在人们渐渐聚焦的
目光下，我被推到了风口浪尖

我紧握住命运的遥控笔，搜索着
我气场万丈且能随意制服世俗眼光的
人类的灵魂。这是要么你死要么我死的
抉择。我赢了！最终我赢了！
我赢在了我不怕死的视角、选材和
与众不同的主题。灰色而又灵动的演讲
将我推向了退无可退的境地——
我赢得了我前所未有的结局，却输了
我仅剩的一个粗糙的名字。我
只能安稳地睡了。我知道，从此我真的死了

不再醒来！这是此时此刻我全部的
人生感悟

别了！我挚爱的亲朋好友。别再恋我
锋芒的伶牙俐齿，我只是一堆
被名利百般蹂躏的骨灰，死了就死了

2021－05－07

今夕是何夕

有多少云朵随日落而起
有多少牛群走散在山野的农村
失落在梦里的星子，被打捞
时光的夜归人打捞……

汽笛再次响起，乌啼声声。载一份缘
要载动多少涟漪？溯流而上，逆风前行
如何抵往星空？今夕是何夕

那个在旧事里打捞鹊桥的人
依旧等候在银河里

2021－08－10

预约的悲剧色彩

这是多么古典而凄美的词语!
徘徊在诗经里的在水一方数千年
依旧哀婉清幽地歌吟——

牛郎织女鹊桥相会一年一次
许仙白娘子断桥执手千年等一回
有多少事，多少情，多少生离死别
多少誓言今生，升华成悲情的绝句?

在镀上金边或镶上高科技芯片之后
它的天平，演变成无数个
一厢情愿——
不见来人，只等来音

2021－08－15

秋的落脚

你是叠叠层层的
翠墨之眼
我是橘橘红红的
独傲之肤
倾听，缠绵入骨的蝉鸣
坐看，辗转迷途的风云
在幽蓝表白的天空下
你是中弹的鸟
我是断翅的鱼

2021-09-01

人在江湖

大漠的烟尘遮不住边关冷月
枯柳的江南锁不住深院秋寒
唇枪舌剑的浪尖飘落一昼的花吟
摩拳擦掌的风口吹尽一夜的鸟叹
归雁收翅长空，侠客隐剑归途
何处有撕裂心肺的歌?
何时有斩断情丝的舞?
人走江湖，提一根长箫上路
败走麦城，也要溅起一路的
紫云沫雪

曾经的正道，荆棘、沧桑依旧
切记：没有一条捷径可走!
十字路口无数！学会选择，更要
学会转折！走被黑夜吞噬肉体的
现实主义，还是走被血色超度灵魂的
浪漫主义？一念天堂，一念地狱
与死神伴行何惧？不过是迎着

透寒的月光前行。不妨做一只
涅槃重生的凤凰！将自己栖息在
绝处逢生的花明柳暗

客路他乡，还是折返归途？是只身孤影
还是前扶后拥？你定会遇见红绿黄
三道闪亮的灯光。它们在黑色的
横眉之下，穿透昼夜的眼眶，抒写
超自然主义的人性大爱——
它们像神一样存在，被人类顶礼膜拜
它们相连却从不相害，它们相守却
从未相见。它们轮流管控各自的江湖
诠释人间的开合走停，左转右拐

2021－09－18

灵魂的救赎之舟

一切的悲壮都不是在平地升腾
悲壮的结局都因身陷囹圄而悲壮
苦笑是示强的丛林法则
被命悬一线捶打过的笑
或许是唯一能救赎心魂或诗魂的
逆袭之舟

太多的落寞惨况，苦闷彷徨
艰涩懊恼，痴心妄想，遗憾悟觉……
也只是梦于心或心于魂难以启齿的
痛苦表白以至屈身受死，抑或是
隐忍的馈赠与绽放的含笑
抉择吧！但愿你能倾向后者

2021－11－12

你在人间我在天边

心海上的天空，比脑海上的天空
更宁静。所以心有多宁静，心海
就有多宁静；脑有多灵动，脑海就有多灵动
但我所认为的人们头顶上的天空
是辽阔的。因为生命的灵动往往滋生在我的
脑海里或者推而广之滋生在我
最初混沌而温暖的天空里。这是所有母亲
十月怀胎的子宫里所孕育的全部意义
是的！你的或是我的母亲的呼吸与言语
所萌生的全部价值，都取向她或我生命的
冲动突围。这是我自知或是你不自知的人生哲学
不管如何，这都将是你我心向往之的
辽阔而湛蓝的天空之境！事实上，为此
哪怕赔上我或你到此为止半个世界的
恩惠与奢望，哪怕掂量一直与风雨交加的
全部纠结所产生的值或者不值！至少我，是的
我已经老了！已老得风清气正，或者气急败坏
在某个灿烂的年华里，浮现你我早已缺失的

信誓旦旦，或者你或我唯一能表达的只字片言
——只向你或我发出，吹响在天边
与人们间的一缕缕不起风浪的风——将我
有限的相思分成一分一秒的爱的遗言，编织
一组绝唱——你的或是我的天荒地老
与你我的行将就木无关

2021－11－19

在孤独里拾遗

一本书，一张桌
一间房子。静坐在自己的
禅意里，躲着近在
咫尺的尘世

柔软的笔尖，来回转悠
左拾遗，右拾遗——
粒粒遗落长眠的文字

那些蹒跚而来的
或是此去经年的冷暖之词
痛感之句。挤在
寒冬的瞳孔里，滴着
一场咯血的雨

2021－12－15

左手孔丘右手老聃（组诗）

棋局

一本天书，行距窄，文字模糊
浮出界面的黑与白、红与黑、起与落
聚与散，在无规则地变幻
这些熟知的词汇或音符，被重构成
跌宕起伏的情节、留白……
主角自然是吸人眼球的。而
真正的主角，在于善待凡夫俗子
制造某种喜剧或悲剧的悬念——
那些疾驰的声，翻动的光，溅起了
它内心的深邃与辽阔

磁器口

有多少张口，才能盛下一座古城的
山和雾、日光和月光？
才能道出一座古城所有陪她而葬的
楼郭、血泪、尸骨与文字？
长江、嘉陵江从她身旁奔流而过
岁月的沉淀炼就了她这张充满磁性的口
再长的脚，也丈量不出她的深邃
再多的“落叹”，也溢不出她的眼睛
站在她胸口，或飘在她天空
够不上一缕影，一粒微尘

拐杖的重量

一根芦苇很轻，它能悬挂沙地上的童真
一支笔杆很轻，它能指点江山，推演宇宙
一根道具很轻，它能在方寸间拔高交响的格局
一把刻刀很轻，它能雕出价值连城的珍品
一根扁担很轻，它能扛起一大家子的生计
一条竹排很轻，它能将千军万马驶向对岸
一根杠杆很轻，它能撬动地球

一根拐杖很轻，它能撑起余下的残躯
犹如老父亲的手杖，它的脚步越来越重
一头牵着人间，一头连着坟墓

遗忘

时光的缝隙间总会闪过一条溪流
它的光艳还在，声音却已沉默
太多太多的风景已被遗忘——
那些仅存的零星的所有印象
犹如飘落成灰的骨朵
长在你痴迷的土壤之上
在别人路过时不经意间
被瞅见，被拾掇，被写成
关于你的悼词

转向或选择

刀光剑影处，杜鹃滴血无声……
重走江湖时，煅刀成骨，铸剑成犁
来，马车一驾，左手扶孔丘
去，扁舟一叶，右手携老聃
来来去去，飘若浮云

自始至终，如影随风
征途，梅花映雪
归途，晨钟暮鼓

2022 - 01 - 14

月光曲

月河上的流苏，田野上的
银光……究竟沉淀了多少
风雨的回响？寻向你的小径
如何丈量你的曲长？

鱼儿来来往往，水草飘飘
荡荡。桨声灯影里
谁在捧花无数，谁在载歌载舞
谁在低吟浅唱

举眉低头。就一秒
一瓢芬芳，已飘飞在
我爱上你的门槛上

2022－04－07

我与世界忍痛割爱

一片云的执拗，或蓝或红或黑或白——
言语的修辞，从肺腑里发出低颤

隔着母亲河，胎儿和父亲对话
隔着寒风，花儿与春天对话
隔着一片云，在通往人间的大街小巷
我稳住了诗行的节奏——
此处来一个破折号：穴位上的围追阻截
彼处等待一场省略号的锋芒注射

这个世界那么远又那么近
我用心岸之柳割下一片春天
借一双鸟眼倾听它嘶哑的歌声
我与世界忍痛割爱

2022－04－19

原来我错过的不只是这些

第一波鸟鸣，天空苏醒，大地还在沉睡
第二波鸟鸣，香格里苏醒，我还在沉睡
第三波鸟鸣，我苏醒，家人还在沉睡
第四波鸟鸣，我的心房苏醒，我的脑海
还在沉睡

挤出阳台的目光，扯下天空的一块肚白
被天空体制化的鸡鸣与鸭叫，陆续
浮出云面。远处闪过的车灯，像阵阵
呼啸的风，掠过寂静的毛细血管
原来我错过的不只是这些

我还错过高墙外，还有高墙外。微弱的
心跳之外还有微弱的心跳。如同
密室的天空还在经受痛风的折磨——
所有这些或那些狰狞的发动机
愈发狰狞。准确地说：我所眺望的
河流一直没发出声，犹如我一直

眼睁睁看着发不出声的自己

当我写完这首诗，时间定格在
五点四十分。天真的亮了吗
没有了鸟鸣、狗吠与鸭叫……只剩下
远山雨雾跋涉而来的脚步声
我挪动形如机械的四肢，怎么也
矫正不了不成诗行的句子。而时钟的
灵魂早已脱离机房，奔跑在
高速公路上

2022－04－20